Kadokawa Fantastic Novels
くまなの
Illustrator029
熊熊勇闖異世界
17

▶優奈'S STATUS_
姓名：優奈
年齡：15歲
性別：女
▶熊熊連衣帽（不可轉讓）
可以透過連衣帽上的熊熊眼睛看出武器或道具的效果。
▶白熊手套（不可轉讓）
防禦手套，防禦力會根據使用者的等級而提升。
可以召喚出名叫熊急的白熊召喚獸。
▶黑熊手套（不可轉讓）
攻擊手套，威力會根據使用者的等級而提升。
可以召喚出名叫熊緩的黑熊召喚獸。
▶黑白熊服裝（不可轉讓）
外觀是布偶裝。具有雙面翻轉功能。
正面：黑熊服裝
物理與魔法防禦力會根據使用者的等級而提升。
具有耐熱與耐寒功能。
反面：白熊服裝
穿戴時體力與魔力會自動回復。
回復量與回復速度會根據使用者的等級而提升。
具有耐熱與耐寒功能。
▶黑熊鞋子（不可轉讓）
▶白熊鞋子（不可轉讓）
速度會根據使用者的等級而提升。
根據使用者的等級，可以長時間步行而不會感到疲勞。具有耐熱與耐寒功能。
◀熊緩
（小熊化）
▼熊急
▶熊熊內衣（不可轉讓）
不管使用多久都不會髒。
是不會附著汗水和氣味的優秀裝備。
大小會根據裝備者的成長而變化。
▶熊熊召喚獸
使用熊熊手套所召喚的召喚獸。
可以變身成小熊。

技能

▶ 異世界語言
可以將異世界的語言聽成日語。
說話時傳達給對方的內容也會轉變成異世界語言。

▶ 異世界文字
可以讀懂異世界的文字。
書寫的內容也會轉變成異世界文字。

▶ 熊熊異次元箱
白熊的嘴巴是無限大的空間。可以放進（吃掉）任何物品。
不過，裡面無法放進（吃掉）還活著的生物。
物品放在裡面的期間，時間會靜止。
放在異次元箱裡面的物品可以隨時取出。

▶ 熊熊觀察眼
透過黑白熊服裝的連衣帽上的熊熊眼睛，可以看見武器或道具的效果。不戴上連衣帽就不會發動效果。

▶ 熊熊探測
藉由熊的野性能力，可以探測到魔物或人類。

▶ 熊熊召喚獸
可以從熊熊手套召喚出熊。
黑熊手套可以召喚出黑熊。
白熊手套可以召喚出白熊。
召喚獸小熊化：可以讓熊熊召喚獸變成小熊。

▶ 熊熊地圖ver.2.0
可以將熊熊眼睛看到的地方製作成地圖。

▶ 熊熊傳送門
只要設置傳送門，就可以在各扇門之間來回移動。
在設置好的門有三扇以上的情況下，可以透過想像來決定傳送地點。
傳送門必須要戴著熊熊手套才能夠打開。

▶ 熊熊電話
可以和遠方的人通話。
創造出來以後，能維持形體直到施術者消除為止。不會因為物理衝擊而損壞。
只要想著持有熊熊電話的對象就能接通。
來電鈴聲是熊叫。持有者可藉由灌注魔力切換開關，進行通話。

▶ 熊熊水上步行
可以在水面上移動。
召喚獸也可以在水面上移動。

▶ 熊熊心電感應
可以呼叫遠處的召喚獸。

魔法

▶ 熊熊之光
藉由聚集在熊熊手套上的魔力，可以產生熊熊形狀的光球。

▶ 熊熊身體強化
將魔力灌注到熊熊裝備，就可以進行身體強化。

▶ 熊熊火屬性魔法
藉由聚集在熊熊手套上的魔力，可以使用火屬性的魔法。
威力會與魔力、想像呈正比。
如果想像出熊的模樣，威力會變得更強。

▶ 熊熊水屬性魔法
藉由聚集在熊熊手套上的魔力，可以使用水屬性的魔法。
威力會與魔力、想像呈正比。
如果想像出熊的模樣，威力會變得更強。

▶ 熊熊風屬性魔法
藉由聚集在熊熊手套上的魔力，可以使用風屬性的魔法。
威力會與魔力、想像呈正比。
如果想像出熊的模樣，威力會變得更強。

▶ 熊熊地屬性魔法
藉由聚集在熊熊手套上的魔力，可以使用地屬性的魔法。
威力會與魔力、想像呈正比。
如果想像出熊的模樣，威力會變得更強。

▶ 熊熊電擊魔法
藉由聚集在熊熊手套上的魔力，可以使用電擊魔法。
威力會與魔力、想像呈正比。
如果想像出熊的模樣，威力會變得更強。

▶ 熊熊治療魔法
可以使用熊熊的善良心地治療傷病。

克里莫尼亞

菲娜
優奈在這個世界第一個遇見的少女，十歲。由於母親被優奈所救而與她結緣，開始負責肢解優奈打倒的魔物。經常被優奈帶著到處跑。

修莉
菲娜的妹妹，七歲。時常緊跟在母親堤露米娜身邊，幫忙「熊熊的休憩小店」的工作，是個懂事的女孩。最喜歡熊熊。

堤露米娜
菲娜與修莉的母親。被優奈治好了疾病，此後與根茲再婚。受到優奈委任，負責「熊熊的休憩小店」等店面的庶務。

根茲
克里莫尼亞冒險者公會的魔物肢解專員。很關心菲娜，後來與堤露米娜結婚。

諾雅兒・佛許羅賽
暱稱諾雅，十歲。佛許羅賽家的次女。是個熱愛「熊熊」的開朗少女。

莉滋
孤兒院的老師。跟身為院長的寶一起認真養育孩子們。

寶院長
孤兒院院長。性格和藹可親，很受孩子們仰慕。

安絲
密利拉鎮的旅館女兒。料理的手藝被優奈發掘，於是離開父親身邊，前往克里莫尼亞的「熊熊食堂」掌廚。

雷姆
蜂木的管理員。過去曾被熊救了一命，所以很感謝幫助熊的優奈。

莫琳
過去是王都的麵包師傅。麵包店遇上糾紛時受到優奈的幫助，此後負責在「熊熊的休憩小店」做麵包。

戈德
克里莫尼亞的打鐵鋪老闆。為菲娜打造了祕銀小刀。

妮爾特
戈德的妻子。個性強勢，戈德在她面前總是抬不起頭來。

克里夫・佛許羅賽
諾雅的父親。克里莫尼亞城的領主。是個經常被優奈的誇張行動拖下水的可憐人。個性親民，受人愛戴。

精靈村落

穆穆祿德
露依敏與莎妮亞的祖父。在精靈村落擔任長老。過去曾是一名活躍的冒險者。

莎妮亞
王都冒險者公會的會長。是個女性精靈，優奈與冒險者發生糾紛時會幫忙善後。能使喚類似老鷹的召喚鳥──佛爾格。

露依敏
莎妮亞的妹妹。曾倒在王都的熊熊屋前，受到優奈的幫助。雖然很有禮貌，卻也有冒失的一面。

王都

艾蕾羅拉·佛許羅賽
諾雅與希雅的母親，三十五歲。平常在國王陛下身邊工作，居住在王都。人面很廣，經常在各方面幫助優奈。

希雅·佛許羅賽
諾雅的姊姊，十五歲。是個綁著雙馬尾的好勝女孩，就讀王都的學校。雖然在校成績十分優異，實力卻還不成氣候。

芙蘿拉公主
艾爾法尼卡王國的公主。稱呼優奈為「熊熊」，非常親近她。很受優奈的疼愛，曾收到繪本和布偶作為禮物。

提莉亞
艾爾法尼卡王國的公主。芙蘿拉公主的姊姊。就讀王都的學校，是希雅的同學。從芙蘿拉公主口中以「熊熊」之名得知優奈的事蹟，一直很想見見她。

加札爾
王都的打鐵舖老闆。優奈在戈德的介紹之下前去拜訪他。後來負責替優奈打造戰鬥用祕銀小刀。

馬力克斯
與希雅一起就讀王都學校的朋友。是個正義感強烈的少年，甚至曾經在課外教學時自願一個人擔任誘餌。

安裘
負責照顧芙蘿拉公主的女性。自己也有與芙蘿拉公主年齡相仿的孩子。

傑德的隊伍

傑德
在擊退魔偶與前往迪賽特城時，與優奈巧遇的四人組冒險者之一，是個可靠的隊長。他認同優奈的本事，本人也頗有實力。

托亞
輕浮又愛開玩笑的男劍士。
總是被隊友吐槽，是隊伍裡的開心果。

梅爾
性格開朗，總是面帶笑容的女魔法師。雖然很喜歡熊緩和熊急，卻沒什麼機會騎乘牠們。

瑟妮雅
使用小刀作為武器的冰山美人。
時常開托亞的玩笑。

路德尼克城

莉莉卡
開朗又活潑的矮人女孩。與加札爾是兒時玩伴，但似乎對他抱著超越友誼的感情……？

洛吉納
加札爾與戈德的師父。因為兩個徒弟獨立而停止打造武器。

庫賽羅
傑德指名的鐵匠。對委託自己打造祕銀之劍的托亞提出測驗。

薇歐菈
洛吉納的妻子。性格大方且穩重，負責打理店內事務。

塔洛托巴
路德尼克的鐵匠公會會長。曾經見過形形色色的鐵匠與冒險者。

拉魯滋城

雷多貝爾
在拉魯滋城頗具影響力的大商人。雖然為人精明，卻很溺愛孫女。以拉魯滋城的房子向優奈交換了繪本。

愛露卡
雷多貝爾的孫女，特色是一頭漂亮的銀髮與可愛的笑容。大約五歲。對優奈的繪本與熊熊布偶十分著迷。

▶KUMA KUMA KUMA BEAR VOL.17

故事大綱

優奈為了查出謎樣礦石——熊礦的祕密，與菲娜和露依敏一起前往矮人所居住的路德尼克城。

結識戈德與加札爾的鐵匠師父——洛吉納和他的女兒莉莉卡之後，優奈決定踏入一年只會開啟一次的「考驗之門」，挑戰鐵匠與冒險者的實力測驗。出現在門內的對手卻出乎意料……！於是，優奈即將在考驗之門締造新的傳說！

434 熊熊觀摩考驗

來到矮人之城的我、菲娜與露依敏都玩得很盡興。

我們見證了托亞是否能訂做祕銀之劍的測驗，還去見了戈德先生與加札爾先生的鐵匠師父——洛吉納先生。

然後，我們聽說這座城市有所謂的考驗之門，冒險者或士兵會用鐵匠打造的武器去那裡接受挑戰。傑德先生也要帶著身為鐵匠的庫賽羅先生所做的劍去參加，所以我們也會一道參觀。

只不過，能踏入考驗之門的人只有參加者，參觀者似乎不能進去。

我覺得有點可惜。

於是，隨著考驗之門開啟，測試鐵匠技術的考驗就從今天開始。

「為什麼要這麼早出發呢？」

朝陽才剛升起。

露依敏似乎還很睏，輕輕打了呵欠。

連習慣早起的菲娜都睡眼惺忪的，是因為昨天打掃房子的疲勞還沒有消除嗎？

我穿著白熊服裝睡覺，所以很有精神。
「因為我想在人潮變多之前去看看考驗之門。」
因為我的熊熊裝扮容易引人注目，我決定在人少的一大早過去。
「可是，傑德先生今天不會參加吧。」
第一天的參加者只有見習鐵匠或菜鳥鐵匠。所以，身為老手的庫賽羅先生不能在第一天參加，傑德先生也要等到明天以後才能出場。
「因為我很好奇過程是什麼樣子嘛。」
另外，如果能從門的縫隙看到裡面就更好了。
「可是，我好睏喔。」
「妳們其實可以繼續睡的。」
「我要去。」
吃完早餐之後，她們兩個人似乎都醒了，於是我們開始準備外出，朝目的地出發。
於是，漫長階梯的難關出現在我們面前。
「菲娜，會累就要坦白告訴我喔。反正也沒有人看到，妳不必害羞。」
「好，但我會努力的。」
菲娜輕輕握拳。

「優奈小姐，為什麼妳不對我那麼說？」

「露依敏爬樓梯爬得那麼輕鬆，不需要我擔心吧。不過，下來的時候我倒是可以幫妳喔。」

「不用了！」

露依敏逃跑似的登上階梯。

看來前幾天從上面跳下來的事情好像嚇到她了。

我和菲娜追著輕快地奔上階梯的露依敏，開始往上爬。

即使曾經爬過一次，第二次也不會比較輕鬆。

菲娜喘著氣，用自己的雙腳一階一階往上爬。然後，她頂著額頭的汗水，登上考驗之門所在的地方。

「辛苦了。」

我拿出冰水慰勞菲娜與露依敏。

因為時間還早，附近一個人也沒有。我們太早來了嗎？

我們走向有考驗之門的地方。

「優奈姊姊，露依敏小姐，那裡有人耶。」

我們往菲娜所指的方向望過去，發現有個矮人正盯著考驗之門。那個人看起來很眼熟。

「是洛吉納先生。」

露依敏說得對，那個人是洛吉納先生。

「洛吉納先生也要參加嗎？」

「嗯～可是，洛吉納先生又沒有做武器。」

我們來到這座城市以後，他應該都沒有做過武器，只有做我們訂製的湯鍋和平底鍋等廚具。在那之前，我們也沒從莉莉卡小姐口中聽說他有在做武器的事。洛吉納先生的臉上掛著苦惱的表情。我錯失了打招呼的時機，這時洛吉納先生注意到我們了。

「是妳們這群小姑娘啊。妳們怎麼這麼早來？還要再過一陣子才會有人來報到喔。」

據他所說，似乎還要再過一段時間才會有人來集合。

比起一早起床就來，稍等一陣子才能在比較萬全的狀態下挑戰，這是理由之一。不論是誰，在剛起床的時候使用武器都很難拿出好的表現，因為大腦還沒清醒，身體也還沒作好準備。

人家總說考試前最好能提早幾個小時起床。

這或許也是同樣的道理吧。

「因為我打扮成這個樣子，所以才會提早來。洛吉納先生呢？該不會是來參加考驗的吧？」

「怎麼可能，我已經好幾年沒做武器了。」

「既然如此，為什麼要來這裡？」

「……也許是有什麼留戀吧。」

洛吉納先生盯著考驗之門說道。

「留戀？」

「我是指想做武器的留戀。」

「再做不就好了嗎？」

「事情沒有那麼簡單。我確實有想做武器的念頭。不過，加札爾和戈德離開以後，我的內心就感到空虛。我總是很期待在一旁看著他們倆的成長。而且，我也會跟他們一起成長。可是，因為他們兩個人的離開，我就做不出武器了。就算做了也不覺得快樂。」

會覺得這跟女兒出嫁或是情人過世比起來只是小事，是因為我的內心很骯髒嗎？而且徒弟本來就會因為獨立開店而離開師父。要是每次都會因此感到寂寞，那根本沒完沒了。我也同意莉莉卡小姐的說法，既然徒弟已經能獨當一面，只要再收新的徒弟就好了。

「但多虧妳們，我才能看到加札爾和戈德做的小刀。知道他們沒有我的指導也能成長，讓我覺得既高興又羞愧。所以，我覺得來看看見習鐵匠，或許就能找回以前做武器的熱情了。」

所以他才會這麼早來啊。

「對了，小姑娘妳們也是來參觀的嗎？」

「嗯，算是啦。」

「明明不是來參加的鐵匠或冒險者，妳們竟然特地登上這麼長的階梯啊。」

洛吉納先生有點傻眼地說道。

「這不是這座城市的重要活動嗎？」

「對鐵匠來說是很重要。不過，普通人根本沒辦法觀看考驗，而且還得登上這麼長的階梯，所以也沒什麼好玩的。」

我也這麼覺得。不能觀看考驗是缺乏樂趣的主因。要是有攝影機能轉播內部的情況，至少還有點意思。

而且漫長的階梯也是一個問題。

要不是有熊熊裝備，我絕對不會想爬上來。

「為什麼考驗之門要設在這麼高的地方？如果能蓋在低一點的地方就好了。再說，考驗之門到底是誰蓋的？還是很久以前就存在的東西？」

「據說這是過去的魔法師所蓋的設施。好像是因為這個地方容易有魔力聚集，所以才容易蓋成。」

容易有魔力聚集的地方？該不會就像靈脈或是龍脈的概念吧。有些遊戲或漫畫也會提到容易有力量匯聚的地點。

不過，原來考驗之門是魔法師所蓋的設施。它似乎不像迪賽特的金字塔一樣，是不知不覺間發現的遺跡。

「之所以沒有人知道考驗之門開啟的日期，該不會是因為它是靠魔力運作的吧？」

「沒錯。考驗之門以魔力關閉，而且累積到一定的魔力就會開啟。」

所以才會沒有人知道考驗之門開啟的確切日期吧。

「可是，裡面一片漆黑呢。」

露依敏窺探考驗之門內部。

門裡面是洞窟般的隧道，暗得什麼也看不見。

「因為考驗會在最深處進行，所以從這裡是看不到的。」

嗯～真可惜。

看來連在外面偷瞄都沒辦法。

「我還以為是誰的聲音，原來是洛吉納啊。」

一個身材矮小、下巴留著氣派鬍鬚的矮人從考驗之門附近的建築物走了出來。

「……塔洛托巴。」

洛吉納先生低聲喊了他的名字。

「你怎麼會在這裡？該不會是決定要來參加了吧？」

「不，我只是來看看而已。」

「你不打算再做武器了嗎？」

「我也說不準。可能會做，也有可能不會做。」

「到底會不會做？」

「我的意思是我自己也不知道。」

聽到洛吉納先生的回答，名叫塔洛托巴的男人露出傻眼的表情。

「對了，你後面那些奇怪組合的女孩子是從哪裡來的？」

子。」

男人看著我們說道。

我們的組合確實很奇怪——菲娜（人類）、露依敏（精靈）、我（熊）。

「她們是加札爾和戈德的朋友。因為她們來這座城市拜訪，所以我會稍微照顧她們一陣子。」

「加札爾和戈德的……我是鐵匠公會的會長，塔洛托巴。」

原來還有所謂的鐵匠公會啊。

我現在才知道。

還是說，那是這座城市特有的公會呢？

「我是優奈。這孩子是菲娜，而另一個精靈女孩是露依敏。」

我順便介紹了另外兩個人。

「總之，在這裡不方便說話。反正距離開始還有一點時間，你們就進來喝杯茶再走吧。」

「可以嗎？」

「你們可以坐到有人來為止。那幾位小姑娘爬樓梯上來，應該也累了吧。」

我們決定接受他的招待。

435 熊熊與會長聊天

我們在塔洛托巴先生的帶領之下，走進建築物。

屋內的天花板很高，空間非常寬敞。入口擺著長桌，桌上放著報名表。參加者好像要在這裡報名。更前面的地方就像大醫院的等待區一樣，放著好幾張長椅。

「跟我來。」

塔洛托巴先生走進隔壁的房間。我們也跟著塔洛托巴先生走。這個房間有點大，放著類似會議室的桌椅。

「好了，隨便找位子坐吧。」

我們照他的建議，在椅子上坐下。

然後，塔洛托巴先生依約端了茶來。矮人給人很愛喝酒的印象，但他們似乎不至於一大早就開始喝酒。

「你這麼悠閒，沒關係嗎？」

「每年都是這個樣子。我們從幾天前就開始準備，接下來只要等公會職員和出場的鐵匠來報到就行了。」

塔洛托巴先生為所有人都倒了茶，自己也在椅子上坐下。

「你好像心情很好？」

「是啊，因為能親眼目睹見習鐵匠的成長嘛。這也是身為公會會長的特權。」

「今年情況如何？」

「道爾頓的徒弟還不錯。另外還有幾個值得期待的新人。」

塔洛托巴先生一臉高興地說道，看起來就像個靜觀孩子成長的父親。他應該很適合當孤兒院的老師吧。然後，塔洛托巴先生轉頭看著我。

「小姑娘，妳這身打扮是熊吧？」

「是啊。」

除了熊以外，應該不像別的東西。

「其他城市很流行妳這種打扮嗎？」

雖然洛吉納先生要他別在意，但塔洛托巴先生似乎還是對我的打扮感到好奇。可是我懶得說明，所以隨口答道：

「很流行啊。」

「優奈姊姊！」

聽到我的回答，坐在旁邊的菲娜嚇了一跳。有必要這麼驚訝嗎？搞不好在我們不知道的地方很流行啊。但如果真的流行起來，我也有點困擾就是了。

「開玩笑的啦。關於我的打扮，希望你不要多問。」

我委婉地表示自己並不想說明原由。

「好吧，要打扮成什麼樣子是個人的自由。」

請不要用那麼同情的眼神看著我。我可不是自願打扮成熊的，只是為了活下去才這麼穿。

「對了，剛才也有提到，小姑娘妳們真的是加札爾和戈德的朋友嗎？」

「你認識他們兩個人嗎？」

「當然認識了。只要是這座城市的鐵匠，我全部都知道。」

「全部？」

「因為我是公會會長啊，這是當然的。況且，優秀的新人鐵匠也令人印象深刻。」

雖然我不知道這座城市有多少鐵匠，但能全部記住還真厲害。對我這種不擅長記人名的人來說，能夠全部記住簡直是怪人。我剛才覺得他很像大家庭的爸爸，或許並不誇張。

「他們兩個人過得好嗎？」

「他們很好。」

「這樣啊。聽說他們要離開城市的時候，我還覺得很遺憾，幸好他們過得很好。對了，小姑娘妳們是來做什麼的？跟爸爸一起來的嗎？」

跟爸爸一起來？我又不是小孩子。不過我身邊確實跟著菲娜這個小孩子。我在意的是，他口中的小孩子是否包括我。

「她們三個人是單獨來這座城市買鍋子的，我也很驚訝。」

聽到洛吉納先生這麼說，塔洛托巴先生露出驚訝的表情，用見到神祕生物的眼神看著我。

也對，聽說三個女孩自己來到這裡，任何人都會驚訝。洛吉納先生提起自己正在替我們做鍋子的事。

「嗯，洛吉納做的鍋子確實很受歡迎。小姑娘，妳們運氣真好。這個彆扭的大叔要是沒那個心情，可是不會幫別人做東西的。」

「我可不能虧待戈德和加札爾的朋友。」

多虧如此，我們才不必去其他的店找東西，而且價格也更便宜。我們得好好感謝洛吉納先生才行。

「對了，小姑娘妳們今天是來看考驗之門的嗎？」

「嗯，我想說能不能從門外看到進行考驗的地方，但好像不行。另外我也想碰碰運氣，看有沒有機會參加。」

我在心裡猜想，如果有冒險者當天出了什麼差錯，我或許就能代替那個人參加了。

可是，就算真的有那種機會，應該也沒有人會想委託我這種打扮成熊的冒險者吧。

「小姑娘要參加？妳想當鐵匠嗎？」

塔洛托巴先生露出驚訝的表情。驚訝的是我吧。到底要怎麼看，才會把我看成想當鐵匠的人啊。

「不是啦，我是想以使用武器的身分報名。」

聽到我說的話，塔洛托巴先生露出疑惑的表情。

「塔洛托巴，雖然這個小姑娘打扮成這種樣子，但她是個冒險者。」

「冒險者？你說這個熊姑娘嗎？」

塔洛托巴先生看著我，稍微笑了起來。我也知道自己看起來不像個冒險者。

「開玩笑的吧。如果你說她是街頭藝人，我還比較能相信。」

街頭藝人是指靠著表演才藝來賺錢的人吧。我想起我們在米莎的生日派對做過的事。召喚熊緩和熊急的話，確實是可以表演才藝。

「這個嘛，我對這個小姑娘的裝扮也有同感，但她似乎是個頗優秀的冒險者。連加札爾都替她做了專用的武器。」

「只要有人委託，他就會做吧。」

「就算是頂級的祕銀小刀也一樣嗎？他給這個小姑娘的東西不是隨便做做的武器，而是自己的最高傑作。這究竟代表什麼，你這個公會會長不會不明白吧。」

「…………」

塔洛托巴先生重新用難以置信的表情看著我。

「小姑娘，妳能讓我看看加札爾做的小刀嗎？」

「可以啊。」

我從熊熊箱裡取出熊緩小刀，交給塔洛托巴先生。

塔洛托巴先生緩緩從刀鞘裡拔出小刀，瞇起眼睛細看。

「小姑娘，妳真的想挑戰考驗之門嗎？」

「……嗯，我想挑戰。」

因為我很好奇嘛。

身為一個前遊戲玩家，我想參加有趣的活動。

塔洛托巴先生陷入沉思。這個時候，洛吉納先生開口說道：

「塔洛托巴，你能不能用我的名義，讓這個小姑娘參加？」

聽到這句突如其來的發言，不只是我，塔洛托巴先生也很驚訝。

「小姑娘，我想向妳確認一件事。這把小刀是什麼時候做好的？有超過一年嗎？」

洛吉納先生看著塔洛托巴先生手上的熊緩小刀。

「這把小刀的話，我才剛拿到不久。」

「洛吉納，難不成你想叫她用加札爾做的小刀參加嗎？」

「你剛才不也在考慮嗎？而且我不打算留下紀錄。就算要把這件事當作沒發生過也行。我只是想測試加札爾做的小刀，還有這個小姑娘的實力而已。」

「還可以這樣嗎？我以為一定要跟做武器的鐵匠搭檔才行。」

「那是鐵匠公會訂的規矩。因為以前發生過不少糾紛，所以才會這麼規定。」

據他們所說，以前一個人似乎可以挑戰好幾次。如果有十把劍，就能挑戰十次。

可是，考驗之門會藉著魔力來測試參加者。每經過一次考驗，魔力就會減少。換句話說，考驗之門的挑戰次數不是無限的，只能測試一定的次數。

如果一個人挑戰好幾次，就無法讓所有的報名者都接受考驗之門的測試。所以鐵匠公會才會負責管理，研擬出一套規定。

規定之一　一人僅限挑戰一次。

規定之二　參加時，必須與製作武器的鐵匠一起報名。此外，該鐵匠必須是鐵匠公會的會員。

規定之三　參加者不得冒用他人製作的武器。（若查證屬實，往後三年將失去報名資格。）

規定之四　第一天優先由見習鐵匠與新人鐵匠參加。

規定之五　即使考驗之門提早關閉，鐵匠公會也不予補償。（隔年可優先參加。）

規定之六　不得洩漏考驗內容。

我剛好違反了第二和第三條規定。

「不過，大家看到這些規定竟然都不會抱怨。」

「這些規定當然不是一開始就有的。每次有什麼不完備的地方就會修改或追加，所以才有今天的版本。而且，聽說當時的公會會長曾說過『身為一個鐵匠，不可能不知道自己所做的武器中，哪一把是最好的』。」

如果無法從自己做的武器中選出最好的一把，的確就像是在宣告自己沒有鑑定的眼光。既然是自己打造的劍，那個鐵匠應該會知道哪一把是最好的。

「不過，還是有些人會讓徒弟帶著自己做的武器來參加，所以後來又追加了各種規定。」

「而且，如果做出那種事，就有可能讓其他人認為徒弟做的劍比自己做的劍更優秀。要是承認徒弟的劍是自己做的，便會遭到其他鐵匠或客人的厭惡，失去身為鐵匠的信用。作生意最重要的就是信用了。」

「另外，以前還曾經有見習鐵匠跟其他武器店買劍，謊稱是自己的作品來參加。」

「就算那麼做也沒有意義。即使靠那種方法贏得獨當一面的名聲，也撐不了多久。謊言遲早會被拆穿的。」

這麼說或許也沒錯。不管那個鐵匠的技術再怎麼好，一般人的確不會想請說謊的人做武器。

武器關係到自己的性命，任誰都會想向值得信任的鐵匠購買。買的武器愈好，這種想法就會愈強烈。如果只是買便宜武器，我覺得跟誰買都無所謂。但若是要買夠好的武器，我就會想跟值得信賴的鐵匠購買。

「不過現在已經不會有人那麼做了。」

「所以，我們禁止鐵匠把他人做的武器當作自己的劍，報名參加。」

「塔洛托巴，這次我不會留下紀錄。所以，你能答應我的要求嗎？」

「…………」

我們陷入短暫的沉默。過了一陣子，塔洛托巴先生緩緩開口說道：

「既然是你的要求，我知道了。趁現在還沒有人，可以馬上開始。我會假裝沒看到的。」

「謝謝你。」

洛吉納先生低下頭。

「我也想知道加札爾進步了多少。而且，如果你看過徒弟做的小刀之後，願意再重新鑄劍，我也很高興。」

如果我沒有通過考驗，就會損害加札爾先生的名譽，也有可能讓洛吉納先生不再重拾武器鐵匠的工作。

我原本只想帶著好玩的心態參加，結果責任似乎比我想的還要重大。

436 熊熊挑戰考驗之門 第一場考驗

趁著其他參加者和公會職員還沒有抵達，我可以在這段時間內挑戰考驗之門。因為沒有時間了，我一口氣喝光塔洛托巴先生替我泡的茶，然後從位子上站起來。菲娜與露依敏也模仿我，從椅子上站起。可是，這時塔洛托巴先生對菲娜與露依敏說道：

「另外兩位小姑娘，很抱歉，妳們不能一起進去，所以暫時在這裡等著吧。」

嗯，果然如此。基本上，除了相關人士以外都禁止進入。

「嗚嗚，好吧。我也好想看優奈小姐挑戰考驗之門的樣子喔。」

「就是呀，我也想看。」

我非常能體會她們的心情。我也很想看其他人接受考驗的樣子。知道自己不能看的時候，我覺得很失望。

「菲娜和露依敏就稍等一下吧，我馬上回來。」

「嗚嗚，我知道了。」

「嗯，我們會在這裡等著，優奈姊姊要加油喔。」

兩人雖然一臉遺憾，但並沒有強求。

我請菲娜與露依敏留在屋內，跟著洛吉納先生與塔洛托巴先生一起走出建築物。

然後，我們走向建築物外面的考驗之門。

雖然對菲娜與露依敏很抱歉，但我開始興奮起來了。

會想挑戰這種活動就是遊戲玩家的本性。

「沒有時間了，加快腳步吧。」

「塔洛托巴先生也可以進入考驗之門嗎？」

「沒問題。基本上誰都能進去，只是規定上僅限做武器的鐵匠和使用武器的人。開放所有人進入會造成混亂，而且考驗也不是表演。」

這一點我也同意。努力打造武器的人和使用武器的人都不會想應付看熱鬧的群眾。

「而且，有些笨蛋會一直待在裡面不出來，也有笨蛋會試圖挑戰好幾次。所以才需要公會會長的陪同。」

以前明明可以挑戰好幾次，現在卻只能挑戰一次，所以如果沒有人監視，就算有人會想重複挑戰也不奇怪。

我們走進考驗之門。

據說考驗之門是為了在裡面測試武器所蓋的設施。最初的入口就是一道大門。而參加者要通過這道門，所以人們才開始稱它為考驗之門。

考驗之門裡面並非人工建造的空間，地面是裸露的土石，看起來就像洞窟內部。裡面點著燈光，環境很明亮。燈光一直往通道的深處延伸。

我一邊聽著考驗之門的由來，一邊沿著通道前進，便遇到一道階梯。似乎要從這裡開始往下走了。塔洛托巴先生要我小心腳下，但穿著熊熊鞋子的我完全沒問題。塔洛托巴先生領著我們走下階梯。

「所以，在考驗之門裡面到底要做什麼事？」

「妳知道考驗的目的是測試鐵匠和武器使用者的實力吧。」

「嗯，但我不知道要做什麼。」

公會規定參加者不能說出考驗的內容。

「簡單來說，就是用鐵匠做的武器來對付魔力形成的東西。」

「魔力形成的東西？」

我完全沒有概念。什麼是魔力形成的東西？

「有時候是魔物，有時候是物品。目標會依武器而異，也會根據武器的性能而改變。所以，我不知道妳的考驗會是什麼樣子。如果使用的是見習鐵匠做的劍，目標大多是弱小的魔物。」

「例如野狼之類的。」

洛吉納先生對塔洛托巴先生的發言補充說道。

如果是野狼，初學者確實可以對付。

「而且，每通過一場考驗，對手就會變得更強也更堅固。如果武器的性能與使用者的實力不足，就無法打倒對手。」

「每通過一場考驗？所以考驗有好幾場嗎？」

「最多是五場。第一場並不會太難。武器都有其基礎性能，只要能發揮最基礎的性能就能過關。從第二場開始就會漸漸變難了。」

的確，如果是不懂得用武器的人，連野狼都打不贏。舉例來說，就算讓菲娜或諾雅拿祕銀之劍，她們應該也打不贏野狼。再說，她們恐怕連揮劍都辦不到。

「魔物我還能理解，但為什麼會有物品？」

「那是以魔力硬化的物品。用戰鎚挑戰時可能會遇到岩山，用長槍挑戰時可能會遇到牆壁。話是這麼說，但每次的目標都不同，所以也不一定會遇到相同的東西。」

原來還有那種考驗啊。

聽說這番話，讓我也有點想用戰鎚或長槍來挑戰了。可是，我以前玩遊戲的時候很少用戰鎚或長槍。但既然有熊熊裝備，我應該多少用得起來吧。

「這次我要用的是小刀，可以順便問問小刀會遇到什麼樣的物品或魔物嗎？」

「沒有人會帶小刀來參加。基本上，師父不會讓做不出劍的徒弟參加考驗，他們本人也不會來參加。」

「因為做得出劍就是獨當一面的門檻啊。」

「而且，有實力的鐵匠也不會用小刀來參加。」

塔洛托巴先生與洛吉納先生這麼解釋武器鐵匠的最低參加標準。

據說愈有實力的武器鐵匠，就愈能做出劍或長槍等各種武器。那樣才能做出更強的武器。似乎沒有鐵匠會想要打造最強的小刀。

小刀明明也是不折不扣的武器，太過分了。可是，遊戲裡面的小刀通常不是主要武器，有時甚至是初學者專用的武器或初期裝備。我從來沒見過用小刀來對付最終頭目的劍士。會用小刀的職業頂多只有盜賊或刺客。

不過，還是有不少玩家會以小刀為主要武器。瑟妮雅小姐就是很有實力的小刀使用者。

「不過，以前確實有幾個案例，但小刀的考驗應該沒什麼大不了的。」

請不要說這種可能弄巧成拙的預言。可是，比起沒什麼大不了的考驗，困難的考驗應該比較有趣吧？

「不過，既然是加札爾做的祕銀小刀，妳應該對對手作好一定的心理準備。」

那是當然的。我不打算輕敵。人家都說遊戲就是要認真玩，不然就不好玩了。

「我想順便確認一下，用魔法打倒對手也行嗎？」

我有熊熊魔法和熊熊鐵拳。

聽到我的問題，塔洛托巴先生用看著傻孩子的眼神看著我。

「當然不行啊，這可是測試武器的考驗耶。」

雖然我早就猜到了，但一聽到魔物，還是會想用魔法來打倒。我的身體可能會自動反應，不小心使出魔法。

「小姑娘，妳會用魔法嗎？」

「我會啊。」

「既然如此，我就得跟妳說明一下考驗之門的規定了。首先，禁止使用魔法。魔法一旦擊中目標，考驗就會強制結束。不過，可以使用對武器附加魔力的攻擊。因為有些武器可以靠著灌注魔力來提高威力。」

「那用魔法做的土牆來抵擋攻擊呢？」

「不行。那麼一來，同樣會在目標碰到魔力牆的瞬間結束。如果要應付攻擊，只能閃躲，或是用武器來防禦。基本上，除了灌注在武器中的魔力以外，只要目標接觸到其他魔力就會出局。因為考驗的目的是測試武器與武器的使用者。」

考驗之門的規則可以統整為以下幾點。

第一　不可使用魔法來進行攻擊或防禦。目標一旦接觸到魔法，考驗便宣告結束。

第二　可對武器灌注魔力以發動攻擊。

第三　可使用防具。

第四　收到一定傷害，考驗便宣告結束。
第五　考驗總共有五場。

可是，其中有些規則無法套用到我的攻擊手段上。
「那用拳頭揍呢？」
我讓熊熊玩偶手套開開闔闔。
這是熊熊鐵拳。熊熊鐵拳並不是魔法。不過，其中也能灌注魔力就是了。
「……………」
「……………」
可是，兩人都傻眼地看著我的熊熊玩偶手套。
「小姑娘，雖然現在問這個有點晚，但妳知道考驗的目的是什麼吧？」
我知道啦。是要測試武器，所以要用武器攻擊才可以吧。
「再說，從以前到現在，從來沒有人是用拳頭揍目標的。」
我想也是。正常人可不會在武器的考驗中使用拳頭。
到頭來，我還是不知道熊熊鐵拳究竟有沒有犯規。算了，要是因為熊熊鐵拳而出局就糟糕了，所以我決定封印熊熊鐵拳。
我一邊跟洛吉納先生和塔洛托巴先生聊天，一邊走下階梯，便漸漸看到前方畫著圓形的紋路。就像遊戲或漫畫裡會出現的東西，圓圈中畫著各式各樣的圖案，看起來好像是魔法陣。

「測試武器的地方就在這下面。」

走下階梯後，我們來到一個寬敞的空間。一座山的地底下竟然跟學校的中庭差不多大。地下有這麼大的空間，真是令人驚訝。

我往上一看，發現天花板很高，而且點著燈光，四周並不陰暗。這也是因為有魔力嗎？

我們走到魔法陣附近。

「小姑娘，把妳的小刀插在這個魔法陣的中心吧。如果是能附加魔力的武器，只要對放置的武器灌注魔力，就能測出該武器的材質、強度、鋒利度、魔力吸收率等性能。那麼一來就會有適當的對手出現了。」

真的就像遊戲一樣呢。

我從熊熊箱裡取出熊緩小刀與熊急小刀，這才想起小刀總共有兩把。

「呃，我要用兩把小刀耶。」

我展示雙手所持的小刀。

「沒關係，兩把小刀都插上去就行了。」

我走向魔法陣的中心，按照剛才的建議，把熊緩小刀與熊急小刀插在魔法陣的中心。然後，我握著小刀並灌注魔力，魔法陣便開始發光。

哦，這種呈現方式有點類似遊戲。看起來就像是最終頭目或寶物正要出現的一幕。魔法陣一

發光，我的情緒就開始亢奮起來了。真希望菲娜和露依敏也能看到這幅景象。魔法陣的光芒消失的同時，洛吉納先生喊道：

「小姑娘，看前面！」

我一聽便往前看，發現土壤開始往上隆起，漸漸成形。

「那是什麼……」

「……魔偶。」

隆起的土壤變成了一尊龐大的魔偶。

「為什麼從第一場開始就出現這種對手？」

洛吉納先生與塔洛托巴先生發出驚訝的聲音。不過就是魔偶，沒必要那麼慌張吧。

不過，對手就跟我在礦山打倒的魔偶差不多。

而且只有一尊。

魔偶開始敲打地面，使空氣隨著地鳴震動。看起來似乎有一定的破壞力。

「小姑娘，情況不對勁。妳快逃啊！」

他們很擔心我，但我沒問題。我從魔法陣上拔起小刀。

「魔偶這種對手，我打得贏。」

「小姑娘，魔力會讓它變得更堅固。如果妳當它是土塊，攻擊會被彈開的！」

即使如此，應該也不會比鋼鐵魔偶更堅固。不過，我一開始就不打算手下留情。雖然有熊熊防具，但萬一受到傷害，有可能因為一記攻擊就結束考驗。

我握緊熊緩小刀與熊急小刀，朝魔偶奔跑。它的動作很慢。我一靠近，魔偶便舉起手臂。我對左右手中的小刀灌注魔力，揮砍幾次，切斷魔偶的手臂和腳。

「嗯～第一次大概就是這樣吧？」

「小姑娘？」

「……………」

兩個大叔目瞪口呆地望著我。不論如何，我繼續揮砍魔偶的身體，切下它的頭，給它最後一擊。

「明明穿著看似很難活動的衣服，竟然能做出那麼快的動作。」

雖然外表有點那個，但這好歹也是外掛裝備。

「而且，竟然可以那麼輕鬆地切開魔力形成的魔偶。」

我以前就打倒過魔偶，沒什麼好慌張的。而且上次沒有，這次卻有加札爾先生做的祕銀小刀。即使它有經過魔力的強化，還是沒有鋼鐵魔偶那麼堅固。

437 洛吉納先生觀看熊熊的考驗　第二場考驗

熊姑娘把加札爾做的兩把小刀插在魔法陣的中心，灌注了魔力。

「什麼？」

魔法陣亮得幾乎刺眼。我所做的武器從來不曾發出這麼強的光芒。我望向身旁的塔洛托巴，他也同樣驚訝。

我們的注意力正被魔法陣的光芒吸引時，我看見小姑娘前方的地面開始隆起。

「小姑娘，看前面！」

我這麼一喊，小姑娘便從魔法陣上拔出小刀。

土壤變化成體格龐大的人型。那是魔偶嗎？

武器明明是小刀，為什麼第一場就出現了這種對手？加札爾做的小刀確實很好。小姑娘也有實力，但第一場考驗應該會測試小刀的性能。據說魔法陣可以測出武器的強度、重量、鋒利度。另外還有附加在小刀上的魔力量。魔法陣會藉此判斷，進行適當的考驗。

魔偶可不是小刀的第一場考驗應該出現的對手。魔偶往地面揮舞手臂，現場便響起地鳴，使地面隨之震動。

我叫小姑娘快逃，但她不打算逃走。既然如此，我只能給她建議了。

「小姑娘，魔力會讓它變得更堅固。如果妳當它是土塊，攻擊會被彈開的！」

出現在這裡的對手是由累積了一整年的魔力所構成的。防禦力會與消耗的魔力成正比，漸漸增加。

不知道究竟有沒有把我的建議聽進去，小姑娘握緊小刀，朝著魔偶跑了過去。她明明打扮成看似很難活動的熊造型，速度卻很快。小姑娘一瞬間便逼近到魔偶面前。魔偶揮舞雙臂，但小姑娘躲開了。

好厲害。她難道不怕嗎？普通人光是靠近魔偶就會害怕了。主動靠近揮舞堅硬手臂的對手又需要更多的勇氣。而且，她能確實看穿其動作，躲開攻擊。

小姑娘躲開魔偶的攻擊，然後用小刀揮砍了幾次。她的手臂速度太快，我看不清究竟砍了幾次。小姑娘一停止動作，魔偶的手臂與腳便掉了下來。因為經過魔力的硬化，它明明沒有脆弱到可以輕易切斷，小姑娘卻砍得像切開紙張似的。

對了，我想起來了。

小姑娘的實力足以把我手上的鐵棒砍斷，而且不讓我感覺到任何衝擊。

小姑娘繞到失去一隻腳的魔偶後方，把它的頭砍下來，結束了第一場考驗。

「……洛吉納，那雙小刀是加札爾做的吧？」

就像目瞪口呆的我，塔洛托巴也帶著不敢相信的眼神，這麼問道。

「是啊，毫無疑問。不過，不只是小刀本身的鋒利度，小姑娘也把加札爾的小刀用得淋漓盡致。」

就算小姑娘有實力，如果小刀太鈍，一樣砍不斷。相反地，就算有鋒利的小刀，使用者的技術太差也無法砍斷。鐵匠與武器使用者，兩者的實力缺一不可。

我們正在對話的時候，下一場考驗即將開始。距離小姑娘稍遠的位置有新的土塊隆起了。

「……盔甲騎士。」

現場出現了五個身穿盔甲，而且右手持劍、左手持盾的騎士。小姑娘必須用長度很短的兩把小刀對付他們。

不可能贏的。

這就像是一次對付五名騎士。光是一對一就很不利了，眼前卻有五個人。一般來說，這種情況根本不該發生。

況且，盔甲經過魔力的強化，應該比真正的盔甲更堅固才對。

我總覺得這跟我所知的考驗不太一樣。簡直就像是要測試小姑娘的實力似的。

即使被盔甲騎士包圍，小姑娘依然穿著看似很難活動的服裝躲開攻擊。

「喂喂喂，那個小姑娘的動作是怎麼回事？為什麼她能動得那麼靈活？而且她還用小刀擋住了盔甲騎士的劍。」

塔洛托巴用難以置信的表情看著小姑娘。

她不只是躲開攻擊，甚至單用小刀流暢地擋開了使勁揮舞的劍。擋開攻擊需要相當深厚的實力。正常來講，就算小刀被當場打飛也不奇怪。

雖然我曾用切斷鐵棒的方法測試她，但從外表根本無法想像她竟有這等實力。

熊姑娘用跳舞般的動作揮動雙手的小刀，躲開盔甲騎士的攻擊，並用小刀把劍擋開。光是如此就很困難了，她卻還能對盔甲騎士發動攻擊。小姑娘用小刀精準擊中了盔甲騎士最脆弱的關節部分。然後，盔甲騎士一個接著一個倒下。就算親眼見到，這幅景象還是讓我難以置信。

於是，熊姑娘打倒了五個盔甲騎士。

她輕輕吐氣，然後深呼吸。明明活動得那麼劇烈，她卻連喘都不喘。

「小姑娘，妳的手還好嗎？」

即使擋開了攻擊，也不表示能消除所有的力量。她的手臂和手腕應該會承受一定的負擔。不過，我似乎白擔心了，小姑娘揮了揮拿著小刀的手，笑著說「我沒事」。

加札爾說小姑娘是個優秀的冒險者，我這才終於理解，她真的是個優秀的冒險者。

而且不只是小姑娘的實力，加札爾做的小刀也很厲害。那雙小刀能夠砍傷盔甲騎士。太鈍的小刀是辦不到這種事的。

為什麼呢？我的內心深處開始對加札爾萌生羨慕之情。我看著熊姑娘手上的小刀。如果由我來做，能夠做出比加札爾的小刀更好的武器嗎？會不會觸發更困難的考驗呢？

為什麼我不再鑄劍了？為什麼小姑娘手上的武器不是我做的？我回想起自己這幾年的作為，開始感到丟人現眼。我握緊拳頭。

「真是個不得了的小姑娘。而且加札爾也做了很棒的小刀呢。」

對於塔洛托巴的這番話，我一方面高興自己的徒弟受到讚美，一方面又感到嫉妒。

然後，小姑娘打倒盔甲騎士，在短暫的時間內調整呼吸後，下一個對手出現了。

「不會吧。」

塔洛托巴露出驚訝的表情，啞口無言。

出現在小姑娘面前的是有如大型蜥蜴的魔物。從頭到尾的長度超過了十公尺。我在魔物圖鑑上看過，也曾聽說考驗中會出現大型魔物。可是，那也大多是出現在最後的第五場考驗，不該是出現在第三場考驗的對手。

「洛吉納，不阻止她沒關係嗎？她不可能對付得了。就算沒受重傷，也有可能無法全身而退啊。」

我交互看著小姑娘與大蜥蜴。

全長十公尺以上的大蜥蜴與打扮成可愛熊造型的女孩對峙。不管怎麼看，她都像是擺在大蜥蜴面前的食物。

牠有長長的尾巴與堅硬的鱗片。如果牠跟我所知的魔物相同，那層鱗片就不是能輕易突破的裝甲。

大蜥蜴的尾巴鱗片很堅硬，一枚一枚的鱗片互相重疊，全部都像研磨過的刀刃一樣銳利。

要是被那條大尾巴掃到，就會一命嗚呼。

「小姑娘！」

「沒問題的。」

小姑娘沒有逃跑，對我們微笑，然後開始跟大蜥蜴戰鬥。

438 熊熊與大蜥蜴戰鬥　第三場考驗

「呼。」

我輕輕吐出一口氣。

第二場考驗結束了。第二場考驗的對手是五個盔甲騎士。

洛吉納先生很替我擔心，但我早就有一對多的經驗。

而且就算對手有五個人，動作還是很慢，也沒有做出意料之外的舉動。

如果對手是真人，有時候會順勢往上彈開我方揮下的劍，或是靠全身的蠻力壓制、把劍丟過來、用腳踢，甚至用語言來動搖對手的內心。

可是這些盔甲騎士總是會乖乖地重新舉起揮過的劍，然後再發動攻擊。他們不會像人一樣，使出意想不到的招數。

發覺了這一點，他們就不是值得懼怕的對手。

只要配合盔甲騎士揮劍的時機發動攻擊就行了。

所以，我順利打倒了盔甲騎士。

「小姑娘，妳的手還好嗎？」

洛吉納先生一臉擔心地問我。

我揮揮手，表示自己沒什麼大礙。

「我沒事。」

打倒盔甲騎士，第二場考驗便結束，第三場考驗大約在一分鐘後開始。

似乎沒有休息時間。

土壤開始隆起。

好了，下一個對手是誰呢？

就像在玩遊戲一樣，我開始樂在其中。

土壤漸漸成形。

一隻巨大的蜥蜴出現在我眼前。

「嗚嗚。」

我討厭昆蟲和爬蟲類。

而且，這隻蜥蜴的全長好像有十公尺以上。

這次的考驗該不會是精神攻擊吧。

為了查出蜥蜴的名稱，我使用探測技能。

可是，探測技能沒有反應。看來探測技能不會對考驗之門的魔物有反應。

因為不知道名稱，我決定稱牠為大蜥蜴。

「小姑娘！」

洛吉納先生大喊。我轉頭看著洛吉納先生，他跟塔洛托巴先生都擺出擔心的表情。

「沒問題的。」

為了讓他們放心，我露出微笑。

我與大蜥蜴的戰鬥開始了。

然後，我從剛才就開始試圖接近牠，卻沒辦法接近。牠的身軀明明很龐大，動作卻很快。正面有一張血盆大口正在等著我。想從後方靠近，長長的尾巴就會掃過來。想從兩側靠近，巨大的爪子就會攻擊我。

不只如此。

尾巴的每一記攻擊都既沉重又銳利。尾巴往旁一掃，就會發出劃開空氣的聲音；尾巴往下一打，地面就會隨之震動。而且更棘手的是，每一枚鱗片都像都刀刃一般銳利。如果直接擋下攻擊，就會受到傷害。

因為尾巴揮舞的速度太快了，別說要刺牠，連躲開都費盡力氣。

如果小刀再長一點就能搆到了，卻還差那麼一點。

嗯～真麻煩。

好想朝那張大嘴巴裡頭放魔法，或是用魔法切斷那條煩人的尾巴。

不過，要是做出那種事，考驗就會因為我的犯規而以失敗告終。

況且這是武器的考驗，必須用武器來攻擊才行。

但是，我到底要怎麼用短短的小刀來打倒牠？

「小姑娘！如果妳打不贏，只要把小刀插回魔法陣就能結束了。」

我正在煩惱該如何攻擊時，洛吉納先生從後方這麼喊道。

「是嗎？」

「沒錯，想在考驗中投降的話，只要跟考驗開始時一樣，把小刀插回魔法陣就行了。」

這種事應該在開始前說明吧。不過，我不打算投降就是了。

這可是久違的活動，我要好好享受。

「我知道了。如果覺得自己打不贏，我會投降的。」

現在還不到投降的時候。

可是，我真的能只靠小刀打倒牠嗎？

我冷靜下來，握緊小刀，開始觀察大蜥蜴。

容易攻擊的部位應該是背部。正面有巨大的嘴巴，左右有帶著尖銳爪子的四肢，後方有帶著鋒利鱗片的尾巴。尾巴的有效攻擊範圍是左右的一百八十度，往上則只能彎曲九十度左右，碰不到背部。只要能爬到牠的背上，就能對牠造成傷害。

跟我在沙漠對付的巨大毒蠍相比，這並不是多大的威脅。只不過，不能用魔法是一大難題。

但是，就算不能用魔法，也不代表不能用熊熊外掛。

我開始與大蜥蜴拉開距離，然後朝大蜥蜴奔跑。大蜥蜴也同時朝我爬行過來。

我往旁躲開大蜥蜴的衝撞，順勢在大蜥蜴身旁順時針前進。

我一邊保持距離，一邊觀察破綻。

我想躲開那些銳利的爪子和尾巴，跳到牠的背上。

大蜥蜴配合我的動作，轉動身體的方向。

我加快奔跑的速度，從大蜥蜴斜後方的死角逼近牠。

「就是這裡。」

我跳了起來，試圖登上大蜥蜴的背部。

可是，大蜥蜴彷彿能看見後方的我，配合我跳躍的動作扭轉身體，朝我揮舞長長的尾巴。糟了。

尾巴朝我狠狠甩過來。我立刻用小刀交叉在面前，抵擋攻擊。

「小姑娘！」

我在空中被彈飛，但又扭轉身體，以熊熊鞋子著地。要不是有熊熊裝備，我就無法用小刀擋住攻擊，也無法順利著地，而是摔落到地面上。雖然我不知道傷害是怎麼計算的，但就算熊熊裝備不會讓我受到傷害，承受太多攻擊還是有可能導致考驗結束。我必須避免承受多餘的傷害。

我重新振作，與大蜥蜴對峙。

好了，這下該怎麼辦呢？

原來不能使用魔法是一件這麼不方便的事。

我真應該對自己會用魔法的事心懷感激。

尾巴、嘴巴與爪子。要從哪裡進攻呢？

嗯，我決定了。

尾巴很難預測距離和軌跡，動作也很快。如果從側面進攻，就必須同時注意尾巴與爪子。

以刪去法而言，正面是最好對付的。

我衝了出去。就像是要配合我似的，大蜥蜴也朝我衝過來。

情況跟剛才一樣。

但不同的是，我沒有往旁邊閃躲，而是在大蜥蜴正要開口啃咬的瞬間，往上一跳。

大蜥蜴的嘴巴朝我剛才所在的位置咬了下去。

我把閉上的嘴巴當作踏板，在大蜥蜴的背上著地。

同時，我用灌注了魔力的熊緩小刀與熊急小刀，朝大蜥蜴的背部刺了進去。

以魔力強化過的小刀刺進深處。

大蜥蜴開始掙扎，最後發出真實魔物般的痛苦哀號，接著就像是認輸了似的，變回土壤後漸漸崩解。

我趕緊離開崩解的大蜥蜴背部。

雖然花了一點時間，但這樣就通過第三場考驗了。

我轉頭望向洛吉納先生，發現他和塔洛托巴先生都用驚訝的眼神看著我。

啊，因為參加活動讓我太高興，我都忘了洛吉納先生與塔洛托巴先生也在，自顧自地戰鬥了。

雖然有點高調，但這也沒辦法。目標並不是放水就能贏的對手，而且洛吉納先生還特地讓我挑戰。如果是因為不能用魔法而輸就算了，我可不能因為放水而輸。

問題在於第四場和第五場。如果對手比剛才更強，我就得使出超越剛才的實力。

這下只能等結束後再拜託他們替我保密了。

都到了這裡，我不打算刻意輸掉。

我決定好好享受當下的考驗。好了，接下來會出現什麼對手呢？

439 熊熊與假熊熊戰鬥 第四場考驗

打倒大蜥蜴之後，我等待著下一場考驗，土壤便隆起，延伸成長條狀。

尺寸比想像中更小。我還以為會出現大型的魔物呢。土壤漸漸成形。

……人型？

高度跟我差不多。對方用雙腳站立，也有雙手。頭上戴著奇怪的兜帽，看起來有點眼熟。我揉揉眼睛，再看一次。

首先是腳，腳上穿著我在哪裡見過的大鞋子。我比較了對方跟自己的腳，造型很相似。然後，我抬高視線，看著軀幹。對方的肚子胖胖的，小腹微凸。我用手觸碰自己的肚子，兩者很相似。

我接著觀察從軀幹往左右延伸的手。對方的手上有似曾相識的熊臉。我看著自己的手，發現那跟熊熊玩偶手套很像。而且，對方的熊熊玩偶手套確實咬著跟我一樣的小刀。

最後，我的視線移動到最上方。對方的頭上戴著兜帽，兜帽上畫著可愛的熊臉。

就結論而言，不管怎麼看，對方都是我。

「洛吉納先生，我要跟自己戰鬥嗎？」

439 熊熊與假熊熊戰鬥 第四場考驗

「不知道，我也是第一次見到。見過許多考驗的公會會長比我更清楚。」

「我也不知道。我從來沒見過或聽過有人的對手是自己的。」

洛吉納先生與塔洛托巴先生似乎也不知道。

雖然是由土壤與魔力形成的，但見到另一個自己的感覺實在是不太好。竟然要我跟自己戰鬥，這還真是沒品。

遊戲或漫畫偶爾會有角色為了超越現在的自己，與一模一樣的分身戰鬥的情節。這該不會是要我變得比現在的自己更強吧？

根本的問題在於眼前的冒牌貨究竟能模仿我到什麼程度。

我的裝備是神給的外掛裝備，也就是神的防具。

我不認為別人能完整複製這套熊熊裝備。

而且，我也不知道對手能將我在遊戲中學到的戰鬥技巧複製到什麼地步。

如果複製了我所有的能力，那這個人就是最難纏的對手。

我正看著對方時，複製品緩緩開始行動。要在腦海中稱呼她為複製的我也有點奇怪，所以我決定將她命名為冒牌貨。

冒牌貨緩緩舉起熊熊玩偶手套所持的小刀。冒牌貨一開始行動，立刻就朝我跑了過來。

我決定先試探對方究竟能將我複製到什麼程度。

她的動作很快。我們的距離愈來愈近。冒牌貨揮出右手的小刀。我往右邊閃躲。然後，冒牌貨左手的小刀立刻朝我逼近。我用熊緩小刀擋住，往後退下。

對付二刀流的對手或許比想像中還要麻煩。

如果只有一把武器，只要注意一個地方就好了。可是，同時注意兩把武器就需要思考更多，戰鬥起來會更麻煩。

而且，對手的攻擊又很快。

我自己也有這麼快嗎？

後來我們互相揮砍、對打了好幾次。我們對彼此揮舞小刀，躲開彼此的攻擊。對方明明穿著看似很難活動的奇怪衣服，卻能在千鈞一髮之際躲開攻擊。

為什麼她移動和揮刀時可以辦到那種動作？明明就打扮成一副熊樣。

我一咒罵冒牌貨，就發現自己也會中槍，所以決定適可而止。

對方的動作也是在模仿我嗎？

我沒有實際看過自己的動作，所以不知道自己到底是怎麼戰鬥的。

如果對方是複寫我的動作，前面的三場考驗或許就是在蒐集我的資料。

希望我的體重和三圍沒有被掌握。

可是，這無疑是我至今遇過最麻煩的對手。

我們互相保持距離。

不論如何，既然現在不能使用魔法，那就只能進行肉搏戰了。

我稍微喘息一下，然後重新開始與冒牌貨展開攻防。

刺擊、閃避、揮砍、閃避。我閃過冒牌貨的小刀時，出乎意料的攻擊來了。熊熊踢擊從旁邊朝我襲來。

「等……」

我在差一點點就擊中腹部的時候躲開。然後，我往後踏步，逃離冒牌貨。

「等一下，踢人是犯規的吧！」

我對冒牌貨大叫。當然了，對方沒有回應。所以，我改變抱怨的對象。

「洛吉納先生、塔洛托巴先生，對手可以踢人嗎？」

「妳問我也沒用啊。」

「既然是人型的對手，會踢人很正常吧。」

「我不能踢人，對手卻可以，這樣太不公平了吧？」

「我沒說不行，只說不知道會如何。畢竟這是武器的考驗啊。」

我知道這是武器的考驗，但自己的複製品可以用武器，又可以踢人，我卻不能那麼做，真是太不公平了。還是說，其實我可以揍或踢對手？可是，我又擔心出手打人會出局。對方太卑鄙

了。

如果冒牌貨在這個時候使用魔法，那就已經超越卑鄙，到了犯規的境界了。不過，幸好她到目前為止都沒有使出魔法。

可是，要在受到限制的情況下對付自己的複製品，好像有點不妙耶？

我拉開距離，正在考慮要怎麼做的時候，冒牌貨舉起了右手。然後，她的手往下一揮。

我立刻往右閃躲。她把小刀丟過來了。

「等……」

我正想抱怨的時候，冒牌貨的右手出現了新的小刀，握在她的手裡。

這樣犯規吧？

「洛吉納先生！塔洛托巴先生！」

「那就跟蜥蜴發射鱗片差不多吧。」

「是沒錯啦。」

太卑鄙了！雖然我很想這麼大叫，但我自己也是穿著神之防具的外掛化身，所以沒資格抱怨。

冒牌貨丟出雙手所持的小刀。

我躲開小刀，試圖縮短距離，但冒牌貨的手裡又出現了新的小刀，不斷朝我丟過來。我手上只有兩把小刀，而且丟出去就沒有了。可以無限投擲的小刀真是卑鄙。

我很想叫冒牌貨向我看齊，乖乖用兩把小刀戰鬥。

再這樣下去，無法使用魔法，也無法投擲小刀的我會很不利。

我一邊閃躲小刀，一邊靠近冒牌貨。

我如果想獲勝，就只能在小刀能構到的近距離下戰鬥才行。我仔細觀察冒牌貨的小刀。小刀飛了過來。

仔細看。

我一邊奔跑，一邊擊落小刀。

這麼一來就能在小刀再生之前逼近對手。冒牌貨很守規矩，一次最多只會做出兩把小刀。

所以，這段期間一定會產生破綻。

我趁著這個破綻拉近距離。

我一口氣逼近到冒牌貨面前，朝她揮砍。冒牌貨握著小刀，擋住了攻擊。

我沒能砍斷。

因為角度不對嗎？

不，對手的技術比較好。

她用錯開角度的方式擋住了我的祕銀小刀。

如果是普通的劍，應該已經被我砍斷了。

冒牌貨對我發動反擊。

我接住、擋開小刀，然後朝對手揮砍，有時候也使出刺擊。我覺得對手能預測到我的攻擊，就算我以為打中了，也會被她擋住。

冒牌貨往下揮舞小刀。我在她揮下來之前，用手臂擋住她的手臂。她的軀幹變得毫無防備。我用另一隻手的熊急小刀往那裡一刺。可是，冒牌貨連這一刀都躲開了。

冒牌貨反過來用左手的小刀朝我砍來。這次換我躲開了。

然後，我們彼此拉開距離。

「呼～」

我靜靜吐氣。冒牌貨面無表情。她的體力該不會是無限的吧？話說回來，她是靠魔力來活動，所以直到魔力耗盡為止，她都能持續活動嗎？

這已經超越卑鄙，到達外掛的境界了吧。

原來跟自己戰鬥是一件這麼令人煩躁的事。

最重要的是，我沒想到自己會這麼難纏。

我看著冒牌貨。

不過，我大概搞懂了。這個冒牌貨似乎複製了前三場考驗的我。她應該無法發揮超出那個程度的能力。即使如此，也已經能構成十足的威脅。

所以，我決定收起玩樂的心態。我強化自己的身體，然後盡量對熊緩小刀與熊急小刀灌注魔力。

我用力踩踏地面，以這四場考驗中最快的速度，一口氣逼近冒牌貨。冒牌貨看準時機，朝我揮舞小刀。我用熊急小刀擋住攻擊，並且橫向揮舞熊緩小刀。冒牌貨試圖用小刀抵擋，但她的小刀被砍斷了。那原本是土，只是用魔力硬化過而已。使用蘊含更多魔力的熊緩小刀揮砍，就是我的小刀獲勝。

而且，我的動作比冒牌貨更快。

即使如此，冒牌貨仍然在千鈞一髮之際反應過來。

不過，還是稍微慢了一點。

就是現在！

我對熊緩小刀與熊急小刀灌注魔力。

冒牌貨試圖用小刀防禦。

這次不論是角度還是速度都很完美。

我砍斷冒牌貨的小刀，順勢揮動手臂，把冒牌貨的圓滾滾小腹劃開。

我在心中叫好，正要繼續發動攻擊的時候，冒牌貨的動作停止了。

「…………」

我停了下來。

冒牌貨開始崩解，回歸塵土。

看來只要給予身為人的致命傷，考驗就結束了。

雖然贏了，但砍死跟自己很像的東西，感覺實在是不太好。

最重要的是，我累了。

440 熊熊努力拯救菲娜 第五場考驗

我萬萬沒想到要跟自己戰鬥。

第一場是對付以魔力硬化的魔偶。

第二場是五個盔甲騎士。與複數對手戰鬥。

第三場是大蜥蜴。大型魔物。

第四場是出乎意料的自我複製品。

不過，最後的考驗是什麼呢？我完全無法想像，會是大型的魔物嗎？我只希望不要同時出現好幾個對手。要是出現由紅熊、藍熊、黃熊、綠熊、粉紅熊、黑熊、白熊組成的熊戰隊，我可能會用魔法大鬧一場。

「小姑娘，妳沒事吧？」

我正在想像奇怪的情境時，洛吉納先生對我這麼說道。

「嗯，我沒事。」

「不過，真虧妳能打倒自己啊。」

「其實滿驚險的。也許差別就在於加札爾先生替我做的武器吧。」

440 熊熊努力拯救菲娜 第五場考驗

我能砍斷蘊含魔力、用土魔法形成的小刀，都是多虧了加札爾先生的小刀。

「別謙虛了。只要看過妳的動作，就能知道妳有多少實力。」

「是啊。我曾在這裡見證過許多考驗，妳比任何一個冒險者都還要強。不過，從妳的外表實在令人難以想像。」

的確，我的打扮是熊熊布偶裝。大概沒有人會覺得我很強吧。

如果有人看到我的打扮還覺得「那傢伙一定很強」，我反而想見見對方。

「小姑娘，妳還能戰鬥嗎？」

「沒問題。其實我想稍微休息一下，但下一場好像快開始了。」

深處的地面開始發光，可見最後的第五場考驗要開始了。

洛吉納先生與塔洛托巴先生開始遠離我，以免妨礙考驗。

地面浮現圓形的魔法陣，發出光芒，便有淺白色的牆壁出現了。下一場考驗就是這種淺白色的牆壁？

這種牆壁好像是由魔力形成的。我用熊熊玩偶手套試著觸摸。牆壁好像很薄，又好像很厚，看不出究竟有多少厚度。可是，我的身體無法通過。

我一邊用手觸摸牆壁，一邊繞行牆壁一圈，確認大小。牆壁大約圍著兩坪多的空間。往牆壁裡面望去，可以看到淺白色的牆壁裡面還有牆壁，而且更深處還有另一道牆壁。

一、二、三、四、五。雖然無法全部看清楚，但牆壁大約有五道。這是五層的防護罩。

只要破壞這五道牆壁就行了嗎？

「洛吉納先生，只要把這個打壞就可以了嗎？」

「是啊，用武器破壞那東西就結束了。不過，那可不是普通的牆壁。如果沒有完整發揮妳和那雙小刀的所有力量，就無法砍壞它。」

塔洛托巴先生代替洛吉納先生回答我。最後一關好像很簡單。我還以為會出現更凶狠的對手，但沒想到是這麼簡單的考驗。

單純是要測試武器和我的實力嗎？

不過，既然沒有出現熊戰隊，那就好了。

我正要退到適合揮舞小刀的距離時，牆壁內側的地面動了起來。仔細一看，好像有人倒在裡面。那個人緩緩開始活動。

「……這裡是哪裡？」

熟悉的聲音從牆壁裡傳來。

我靠近散發微微光芒的淺白色牆壁。因為淺白色的魔力牆，所以不太好分辨，但那是我很熟悉的輪廓與聲音。

「菲娜？」

防護罩裡的人是菲娜。

「優奈姊姊？」

果然是菲娜。

「優奈姊姊，這裡是哪裡？而且這些白色的牆壁是什麼？」

菲娜站起來，觸碰發光的牆壁。

「這裡是考驗之門裡面。菲娜，妳知道自己為什麼會在這裡嗎？」

「呃，我剛才還跟露依敏小姐在一起……然後，嗚嗚，我想不起來了。」

菲娜抱頭苦思。她似乎不知道自己出現在這裡的理由。

可是，菲娜是怎麼被帶到這裡的？跟她在一起的露依敏沒事吧？

我能想到的方法是用魔法強制傳送，但真的辦得到那種事嗎？

也許用一年份的魔力就能辦到吧。

「優奈姊姊，為什麼我會在這裡？」

「妳大概是被我的考驗牽扯進來了。」

「考驗嗎……」

牆中的菲娜站著觸摸牆壁。

她的聲音聽起來很不安。

「嗯，我接受最後一場考驗的時候，妳就出現了。」

「原來是這樣呀。可是，我要怎麼出去呢？」

菲娜在牆中來回走動，尋找出口，但好像找不到。我也繞了一圈，然而沒有找到出入口。這有可能就是考驗的內容，所以我必須破壞魔力形成的牆壁，把菲娜救出來。

我重新觀察魔力形成的牆壁。

牆壁是淺白色，可以隱約看到裡面有菲娜的身影。

有一個方法可以輕鬆救出菲娜。

「洛吉納先生，如果使用魔法，考驗就會結束對吧。」

「沒錯，考驗會以失敗告終。妳可以自由決定。可是，如果沒有危險，我希望妳能挑戰看看。」

「這是優奈姊姊的考驗嗎？」

「考驗內容好像是從牆壁裡救出妳。可是，因為禁止使用魔法，所以只要用魔法打中牆壁，考驗馬上就會結束，牆壁也會消失。」

使用魔法是能最快救出菲娜的方法。

那麼做就不必配合這種莫名其妙的鬧劇了。

「優奈姊姊，我沒事的，妳繼續接受考驗吧。優奈姊姊一定辦得到。」

「菲娜……」

「反正好像沒有什麼危險，我也不想妨礙優奈姊姊。幫得上忙的話，我會很高興的。」

「可以嗎？」

「嗯，我相信優奈姊姊。」

我思考了一下，決定坦然接受菲娜的心意。
「我知道了。我會通過考驗，把妳救出來。妳等我一下喔。」
「嗯。」
「那麼，這有點危險，妳離牆壁遠一點吧。」
確認菲娜從牆邊退開之後，我握緊熊緩小刀與熊急小刀，然後灌注魔力，往左右兩邊揮舞。
第一道牆壁壞了。我又離菲娜更近了一步。
「優奈姊姊。」
「別擔心，我馬上救妳出來。」
為了安撫菲娜，我溫柔地說道。
我要快點破壞這些牆壁，通過考驗，救出菲娜。
我砍壞第二道牆壁。
然後，我馬上朝第三道牆壁揮舞小刀，卻被魔力牆彈開了。
「小姑娘，別急。妳還有時間，冷靜下來。」
洛吉納先生這麼提醒心急的我。
我太想早點救出菲娜，使用小刀的手法確實變得有點隨便。我暫時後退，確認距離，然後交互揮舞熊緩小刀與熊急小刀。第三道牆壁也消失了。
還有兩道。牆壁好像一道比一道更硬，但只要靜下心來繼續挑戰，應該沒問題。

我恢復冷靜的時候，牆內的菲娜開始慌張了。

「咦，什麼？有水？」

「菲娜，妳怎麼了！」

「地上湧出了好多水！」

我往下一看，從我的角度也能看到淺白色牆壁的下方湧出了看似水的東西。

「優奈姊姊！」

現在已經不是顧及考驗的時候了。

水量增加，就有可能讓菲娜溺水。當水位到達兩公尺高的天花板，菲娜就危險了。

考驗該結束了。我不打算奉陪到這種地步。

「我會用魔法，馬上把妳救出來的。」

「優奈姊姊，我還撐得住。所以，妳要加油。」

水都淹到膝蓋附近了，菲娜還是要我繼續接受考驗。雖然把他人看得比自己更重要是很偉大的情操，但我也把菲娜看得比自己的考驗更重要。

「優奈姊姊……」

我沒有時間思考，於是用熊熊玩偶手套凝聚魔力。比起無法通過考驗，我更不願意讓菲娜害怕。我用集中在熊熊玩偶手套的魔力放出火球。這麼一來，考驗就會結束。雖然沒有過關，但那也無所謂。這種事不值得讓菲娜害怕。

火球正要擊中牆壁的時候，意料之外的事情發生了。火球穿透牆壁，劃過菲娜身邊。

「菲娜！」

「我、我沒事。」

我鬆了一口氣，然後請菲娜靠向右邊的牆壁。我對不會危及菲娜的另一側範圍放出風刃。可是，風刃也穿透了光牆。

魔法會穿透，無法打壞牆壁，考驗也沒有結束。

不是只要用了魔法就算犯規，使考驗立刻結束嗎？

我本來想用其他魔法來測試，但如果發生跟風魔法一樣的事，就會讓裡頭的菲娜暴露在危險之中。

既然如此，我就用敲打的方式來破壞。

我朝牆壁使出熊熊鐵拳，卻被光牆擋了下來。

打不壞。

「洛吉納先生！塔洛托巴先生！」

「我不知道。」

「小姑娘！如果不能用魔法，就用小刀來砍。妳應該辦得到吧！」

「優奈姊姊！」

沒錯。既然是武器的考驗，就只能用武器來破壞了。

我握緊小刀，然後灌注魔力，破壞第四道牆壁。

很好，只剩一道了。

我沒有浪費時間，立刻砍向最後的第五道牆。可是，最後的牆壁把熊緩小刀彈開了。我繼續揮舞左手的熊急小刀，卻同樣遭到彈開。

好硬。與其說是硬，觸感更像是被橡膠般的牆壁彈開。

我不斷揮舞小刀。

為什麼砍不開？打不壞？

牆壁就像是吸收了更多魔力，愈來愈白，讓我看不見牆內的菲娜。可是，我知道水還在持續增加。

「小姑娘，冷靜一點。帶著慌亂的心思揮刀，原本砍得斷的東西也會砍不斷的。」

話是這麼說沒錯，但菲娜……！

「妳還有時間。深呼吸，冷靜下來，然後相信加札爾做的小刀，相信妳本身的用刀技巧。兩者缺一不可。」

我放鬆全身的力量，然後深呼吸。

水量正在逐漸增加。可是，暫時還沒問題。

菲娜，我馬上救妳出來。

我對雙手的熊緩小刀與熊急小刀灌注魔力，用腳踏穩地面，使勁握緊熊熊玩偶手套所咬的小

刀。我舉起小刀，雙腳用力一蹬，藉著手臂加上腰部迴轉的力道揮出小刀，以最好的角度、最強的攻擊砍向牆壁。光牆上出現X形的痕跡。

沒有被彈開的觸感。我切開了光牆。

光牆隨即損壞。

「菲娜……！咦？」

光牆損壞後，水也跟著消失，就連我以為是菲娜的人都消失了。光牆裡面什麼都沒有。

這是怎麼回事？

我該不會是受騙了吧？

冷靜下來仔細想想，其實只要把小刀插回魔法陣就結束了。

我有種被騙得團團轉的感覺。

441 熊熊獲得獎品

我破壞了光牆，裡面卻沒有菲娜。

我先是鬆了一口氣，然後心裡漸漸燃起受騙的怒火。

「洛吉納先生！剛才的考驗是怎樣！這該不會是在整我吧？」

「妳問我，我也不知道啊。我連有這種考驗的存在都不知道。我曾見過用武器破壞牆壁的考驗，但像這次一樣關著人的考驗，我也是第一次見到。不過，身為公會會長的塔洛托巴似乎知道。」

「真的嗎？」

我的視線從洛吉納先生移動到塔洛托巴先生身上。

「是啊，因為過去也發生過同樣的考驗。」

「既然這樣，為什麼不告訴我？如果有人告訴我，我就不會那麼慌張了。」

「這可是考驗，我當然不能說了。考驗的目的是測試武器的性能、使用者的技術，最後再加上使用武器的心。缺少任何一個條件都無法通過。如果我告訴妳，那就失去考驗的意義了。」

「話是這麼說沒錯，但那也太過分了吧？」

竟然抓菲娜當人質，這對我來說是最惡劣的考驗。

光是回想起來，我就一肚子火。我到底該把這股怒火發洩在什麼地方？

「並不是所有人都會遇到這種狀況。出現優秀的武器、優秀的使用者時，心靈就會受到考驗。我這麼多年來也只見過兩次。這表示考驗之門已經認可妳了，妳應該高興一點。」

真的有人會高興嗎？重要的人被抓來當人質，努力救出對方才發現根本是一場騙局，普通人應該只會覺得很生氣。

我現在的心情糟透了，好想大鬧一場。

「妳很重視的人以後也有可能像這次一樣受困，考驗就是在測試妳能不能冷靜應對。就算武器的品質很好，慌亂的心也無法發揮武器真正的力量。這就是考驗的目的。」

不論是誰，遇到重要的人受困的情況，會驚慌失措也沒辦法吧？

人心並沒有那麼堅強。見到重要的人有生命危險，人當然會驚慌。我又不是修行僧，怎麼可能在這種情況下冷靜啊？普通人根本沒辦法。我還以為用魔法就能結束考驗了，結果也行不通。

我真的徹底亂了手腳。

「話說回來，原來妳很在乎待在上面的那個小姑娘啊？一般來說應該會出現家人或情人。」

「因為菲娜就像是我心愛的妹妹一樣。」

我從來不在乎自己的父母，也沒有情人。所以，考驗中不會出現我的父母。如果真的出現家人，頂多是為我著想的祖父吧。來到這個世界，我只對祖父感到抱歉。

菲娜確實是我很重視的人，但熊緩與熊急、諾雅、修莉在我心目中也很重要。現在回想起來，自從來到這個世界，我所重視的人就增加了。我遇到的人都很善良，我也想保護他們。最重要的是，他們都很努力活著，跟我那兩個只會向女兒要錢的父母不一樣。

「就算是妹妹，有心愛的人也是一件好事。光是如此就能讓人變強。從事冒險者這種危險的工作，有許多人都不珍惜自己的性命。自己的歸處有心愛的人是很重要的。那樣可以讓人萌生想要活著回去的念頭。」

身為公會會長的塔洛托巴先生所說的話很有分量。塔洛托巴先生一定見過許多鐵匠與冒險者。

自己的歸處……這麼說來，我的歸處或許就是菲娜所在的地方吧。

「順便請問一下，那個跟我接受同樣考驗的人怎麼樣了？」

對方有跟我一樣生氣嗎？正常人應該會生氣吧。

「我當然要保密了。妳也一樣，不希望我把這件事說出去吧。」

嗚嗚，的確。雖然我很好奇，但又不希望自己的事情被說出去。萬一事情傳開，我就不能再來這座城市了。

「而且，我們規定不能說出考驗的內容。」

我這才想起來，好像真的有這條規定。

「如果能提早知道考驗的內容，那就算不上考驗了。所以，我們才會禁止參加者對任何人說

出考驗的內容。」

也對，如果能提早知道內容，就可以擬定對策，那就算不上考驗了。事先得知答案的話，考驗也沒有意義。

因為洛吉納先生、加札爾先生和戈德先生都沒有說出去，所以莉莉卡小姐才會不知道考驗的內容吧。

「所以小姑娘，妳也不可以對任何人說起這裡面發生的事喔。」

「也不能跟在上頭等待的菲娜她們說嗎？」

我不打算到處宣揚，但還是想跟等我回去的菲娜她們說。

「沒錯。等那些小姑娘長大，她們或許也會想當上冒險者，來這裡挑戰考驗之門。」

菲娜當冒險者啊。

我試著想像，但覺得不太適合她。她比較適合守護家庭。不過，她具備肢解技術，就算無法揮舞武器，也有可能當上用魔法戰鬥的冒險者。即使如此，我還是無法想像菲娜跟魔物戰鬥的樣子。

總之，規定好像是不能告訴可能接受考驗的人。

「塔洛托巴，話就說到這裡吧。獎品好像要出現了。」

「獎品？」

洛吉納先生用大拇指指了幾下。我沿著洛吉納先生的大拇指望過去，發現魔法陣正在發光。

魔法陣的位置跟先前不一樣。

現場有確認武器的魔法陣、產生考驗的魔法陣，最後是在我們眼前發光的魔法陣。

「你們說獎品，意思是我能拿到什麼東西嗎？」

既然有獎品可拿，真希望他們一開始就告訴我。那樣一來，我就有動力挑戰快速破關了。如果獎品跟通過考驗的時間有關係，我會很不甘心的。

「就算妳一臉開心，也拿不到什麼好東西喔。」

是嗎？

算了，反正我不期待拿到多麼稀奇的道具，只要是用得上的東西就很好了。

「獎品是鐵。意思是要參加者使用那塊鐵，努力挑戰下次的考驗。」

什麼嘛～是鐵喔。我已經有鋼鐵魔偶的素材了，不需要什麼鐵。就算拿到鐵，我也用不到。

我看拿去送給加札爾先生好了。畢竟我是用加札爾先生的小刀參加的。

「那該不會是什麼特殊的鐵吧？」

「不，只是普通的鐵。但因為裡頭不含雜質，所以對鐵匠而言，可以說是最頂級的獎品。」

可惜我並不是鐵匠。

既然是用祕銀小刀參加的，不能至少給我祕銀嗎？

我這麼開口問道，但似乎沒有那種事。真可惜。

我走向發光的魔法陣。光芒漸漸消失，魔法陣中心出現了意料之外的東西。

「那是什麼東西？」

塔洛托巴先生瞇起眼睛，看著出現的物體。

我揉揉眼睛。

我最近視力是不是變差了？我明明沒有看電視，沒有玩遊戲，也沒有在晚上看漫畫或小說，過著早睡早起的規律生活。雖然偶爾會賴床一整天，但我基本上沒做什麼會讓視力變差的事。

我們靠近放著謎樣物體的魔法陣中心。

「是熊。」

「嗯，是熊。」

正如兩人所說，魔法陣中心有一個熊造型的擺飾。

尺寸就跟我店裡的東西差不多大。

洛吉納先生與塔洛托巴先生伸手觸摸熊造型擺飾。

「這是鐵做的熊呢。」

「毫無疑問是鐵做的熊。」

真的是鐵做的熊。

不知為何，形狀是一隻Q版的熊。看起來就像我在店裡做的熊熊擺飾。

可能是讀取了我的記憶吧？讀取我的記憶所做出的菲娜跟本人非常相似，甚至能騙過我。不過是熊熊擺飾，也許能輕易複製出來。可是，為什麼是熊？

「鐵的形狀該不會因人而異吧？」

「基本上，形狀都各不相同。通常是不規則的形狀。我第一次見到這麼明確的造型。」

「而且，尺寸還真大。我從來沒見過這麼大的獎品。」

鐵做的熊跟熊緩或熊急差不多大。

「這也就表示小姑娘的考驗有多麼特別吧。」

「的確，畢竟是那種程度的考驗嘛。」

「不過，這東西要怎麼搬走？不搬走就沒辦法進行下一場考驗了。」

洛吉納先生與塔洛托巴先生這兩個矮人試圖搬運，但鐵熊一動也不動。

不過，只是要移動的話，簡單得很。

「交給我吧。」

我觸碰鐵熊，它便消失到熊熊箱之中。

熊熊箱是萬能的。

「那個奇怪的手套是道具袋嗎？」

說它奇怪也太過分了吧，這是熊熊啦。好吧，我一開始也覺得很奇怪。聽到別人說熊很奇怪，我的內心就不禁感到排斥。

我正想回嘴的時候，周圍的光線開始漸漸暗了下來。

塔洛托巴先生環顧四周，出聲喊道：

「不會吧，考驗之門要關閉了！明明只進行一次而已啊。」

「看來小姑娘的戰鬥把魔力都耗盡了。」

「你在說什麼風涼話啊？從今天開始，有好幾十個鐵匠和冒險者要來挑戰考驗之門耶。這下怎麼辦！」

「就算你問我，我也不知道啊。」

「是你帶這個小姑娘來的吧。」

「我有確實取得你的同意啊。」

推卸責任的醜陋爭執開始了。

「我是同意了，但我怎麼知道她那麼厲害？她打扮成熊的樣子，只是個小女孩，而且武器還是小刀耶。」

我是熊沒錯，但並不小啦。

「可惡，洛吉納也要負責想辦法！期限是回到上面的房間之前。」

塔洛托巴先生抱頭苦思，邁出步伐。我和洛吉納先生也追上他的腳步。

442 熊熊對魔石灌注魔力

「雖然你叫我想辦法，但也只能坦白承認了吧。」

「你要我說有個熊姑娘來挑戰考驗之門，結果一次就讓考驗之門關閉了嗎？如果我真的那麼說，別人會覺得我的腦袋壞掉了。」

塔洛托巴先生和洛吉納先生回過頭，看著走在後方的我。

「我也有同感。如果是挑戰後馬上失敗，我還能理解。」

「就算說這種打扮成熊的女孩戰勝了魔偶、好幾個盔甲騎士，在第三場考驗對上大蜥蜴，又跟自己的複製品戰鬥，然後破壞魔力牆，導致考驗之門的魔力耗盡，也沒有任何人會相信。」

太過分了。

本人就在面前，他們倆卻說得毫不留情。不過，我也不希望這件事傳出去。而且正如他們所言，就算說我克服了艱難的考驗，耗盡考驗之門的魔力，也沒有任何人會相信。

我總是覺得，外表果然很重要。

「而且大家也會好奇是誰做的武器。」

「就說是洛吉納先生做的……不行嗎？」

「其他鐵匠都知道洛吉納沒有在做武器了，所以這麼說很牽強。」

「既然不能說實話，那就只能說謊了吧？」

「問題就在這裡。必須想出能說服其他人，又不會波及我的方法。」

這個人打算逃避責任耶。好吧，塔洛托巴先生的確沒錯。這當然也不是洛吉納先生或我的錯。根本沒有人想得到考驗之門的魔力會耗盡。錯就錯在有人做出這種消耗魔力的考驗之門。

不過，有什麼方法既能說服其他人，又不會給身為公會會長的塔洛托巴先生添麻煩呢？真的有那麼巧妙的方法嗎？

而且，我們沒有太多時間能思考。

「考驗之門一關起來，我們就出不去了嗎？」

「它不會馬上關閉。只不過，我不確定有多少時間。一般來說，只要考驗結束的徵兆一出現，我們就會馬上離開。因為萬一被困住就糟糕了。」

這麼說也對。考驗之門都要關閉了，沒有哪個笨蛋會想留下來。普通人只會馬上出去。

「既然這樣，要不要說是高階冒險者來挑戰，所以耗盡了魔力？」

「正常來講，高階冒險者不會用見習鐵匠做的武器來參加。而且如果有那種冒險者出現，一定會引發話題。要是有人追問是誰，我也回答不出來。」

不管我想出什麼方法，全部都被駁回了。

我還想到可以謊稱有魔物出沒，但那樣只會招來想要擊退魔物的冒險者。有許多冒險者都想挑戰考驗之門。而且這麼說也無法解釋門打不開的原因。

「既然這樣，要不要說是洞窟崩塌了？假裝洞窟崩塌，就沒有人能進去裡面了吧。需要的話，由我用魔法來破壞怎麼樣？」

「別那麼做。」

塔洛托巴先生露出真心感到排斥的表情。

「我不是要真的毀掉裡面啦，只是要稍微堵住入口而已。」

雖然我不知道考驗之門什麼時候會完全關閉，但只要有幾個人看到，事情應該就會傳出去了。

「而且，只要談到修繕洞窟的事，馬上就會曝光了。」

的確，既然洞窟被堵住，那就需要修繕。如果是假造的崩塌，別人一看就會曝光。

「那就請會長一個人去修吧。」

「話說回來，門關起來就無法修繕了吧。」

「而且，那也不能解釋門為何會關閉。」

塔洛托巴先生與洛吉納先生都反對我的方法。虧我還這麼努力思考。

「那要怎麼辦？」

塔洛托巴先生與洛吉納先生一邊登上階梯，一邊陷入沉思。

這兩個大叔真的有在思考嗎？不管是塔洛托巴先生還是洛吉納先生，這類型的人應該都很不

擅長撒謊。還是說，是我太壞心了？

「要不然，魔力可以再補充嗎？這種考驗是靠魔力運作的吧？需要的話，我可以提供魔力。」

我的魔力好像很多，如果是見習鐵匠，或許能提供幾次考驗的份。

「……………」

「……………」

聽到我說的話，塔洛托巴先生與洛吉納先生面面相覷。

「我有說什麼奇怪的話嗎？」

「考驗之門是用魔法陣，花上整整一年來儲存這片土地的魔力耶。區區一個人提供的魔力怎麼可能有什麼幫助。」

「呃，話是這麼說沒錯啦。可是我對自己的魔力有點自信，所以或許能讓幾個見習鐵匠接受考驗。只要有幾個人能接受考驗，搞不好就可以瞞過去了吧……」

「的確，就算只有幾個人，只要能進行考驗，或許就能給個交代了。例如今年累積的魔力比較少等等。」

「而且以前也曾發生一天內關閉的情況。」

對於我的新提議，洛吉納先生與塔洛托巴先生陷入沉思。

「追根究柢，魔力能補充嗎？」

「我沒試過，所以不知道。」

不知道？好吧，既然沒有試過，不知道也沒辦法。

畢竟建造、管理、使用的人都不一樣嘛。也許就跟做遊戲、賣遊戲、玩遊戲的人一樣有差別。就算有人問我關於遊戲系統的事，我也不懂。

不過，到底是誰畫出了這種魔法陣呢？不知道我能不能畫出魔法陣。如果有技能可以畫魔法陣就太方便了，但我沒有學到那種技能。

「不過，小姑娘，妳真的還有魔力嗎？妳為了砍壞牆壁，明明在小刀上灌注了那麼多魔力。」

我試著在手上凝聚魔力。

「別擔心，我還有一些。而且考驗之門差點關上也大多是因為我的考驗，所以只是提供魔力的話，沒有問題。」

「妳不必自責，要怪就怪那個大叔吧。」

塔洛托巴先生輕輕瞪了一下洛吉納先生。

「你見過的冒險者明明比我多，還不是沒看出小姑娘的實力？」

「我怎麼可能看得出來？不管怎麼看，我都不覺得這個熊姑娘很強。」

兩人瞪著彼此。

矮人是不是有特別多性格頑固的人呢？

我輕輕嘆了一口氣。

「所以，到底能不能補充魔力？」

如果不能，這個方案本身就沒有用了。

「嗯，有個地方或許可以。應該值得一試。」

塔洛托巴先生稍微加快腳步，往階梯上走去。周圍同時漸漸變暗。魔力好像真的快要耗盡了，我們得快點才行。

我們走上階梯，沿著通道前進，便來到一扇門前。那是我們走進來的門，也是考驗之門的入口。

可是，塔洛托巴先生往左邊走去。

「跟我來。」

走了一陣子，就能看到岩壁上有一扇門。

「洛吉納在這裡等吧。原本只有我這個會長能進入裡面，這次特別准許小姑娘進入。」

「我知道了。」

我們把洛吉納先生留在門外，走進房間內。裡面就像是在洞窟裡挖了個隧道，牆壁就是裸露的岩石。空間相當於一個稍大的房間。天花板的高度大概是我身高的兩倍。

「小姑娘，妳過來這裡。」

我跟著塔洛托巴先生，來到房間的中心，發現這裡有魔法陣，中心還鑲著魔石。而且魔法陣上面放著好幾個大大小小的魔石。

中心的魔石是最大的。雖然比不上我打倒克拉肯時取得的魔石，但也已經很大了。這顆魔石沒有顏色，不像克拉肯的魔石是藍色的。

塔洛托巴先生蹲下來，確認魔石。

「魔力果然耗盡了。」

魔石的顏色愈深，魔力愈多；當魔力減少，顏色就會變淡。

如果是無色的魔石，蘊含魔力就會變成清澈的漂亮顏色。可是，沒有魔力就會變得像霧面玻璃一樣。我們眼前的魔石就像一顆霧面玻璃。

「那麼，只要對這個魔石灌注魔力就行了吧。」

「是啊，能拜託妳嗎？」

我把雙手的熊熊玩偶手套都放在魔石上，然後將魔力集中在雙手的熊熊玩偶手套，灌注到魔石之中。魔石的混濁漸漸消失，恢復清澈的光芒。

相對地，魔力漸漸從我的體內流失。消耗的魔力比我想像中還要多。

而且，因為跟自己的複製品戰鬥過，魔力牆也很厚，所以我消耗的魔力或許比自己想的還要多。

也許該把衣服換成白熊服裝才對。可是，我總不能在別人面前換衣服。我好歹也是個十五歲的少女。就算能做出簡易更衣室，我也不想換衣服。

所以，我希望目前的魔力就足夠了。

我灌注愈多魔力，原本陰暗的房間就變得愈來愈亮。我的魔力該不會正在同時被消耗吧？

不過，既然正在消耗，就表示魔力確實注入了魔石。

我繼續灌注魔力。已經灌注相當大量的魔力了。這有結束的一刻嗎？我開始感到有點暈眩。

塔洛托巴先生出聲了。我一聽到聲音就放開了魔石，然後輕輕深呼吸。好像灌注太多魔力了。

「小姑娘，妳沒事吧？」

「我沒事，只是消耗的魔力比想像中多了一點。」

塔洛托巴先生望向魔石。

「魔力已經很充足了。要是灌注更多，妳會昏倒的。」

魔石不再散發霧面玻璃般的黯淡光芒，變回清澈的樣子。我不知道這樣能補充到什麼程度，但似乎已經夠了。

「不過，謝謝妳。這樣應該就能再進行幾場考驗了。話說回來，妳還真厲害。我實在沒想到能恢復到這個程度。」

「我很高興能幫上忙。」

因為起因是我的考驗嘛。

順利為考驗之門補充魔力的我和塔洛托巴先生走出房間。洛吉納先生一臉擔心地站在外頭等待。

「看來你們成功了。」

洛吉納先生看著四周亮起來的樣子，這麼說道。跟我們剛進房間的時候相比，周圍變得明亮多了。我的魔力好像確實有發揮作用。

「這麼一來就能勉強蒙混過關了。問題只在於能撐多久。」

「是啊，等魔力耗盡再說吧。」

真的不得已的話，我也可以再補充更多魔力，但我不想做那麼麻煩的事。

「話說回來，小姑娘的魔力還真多啊。既然有那麼多魔力，普通人應該會想靠魔法過活，根本不會習得那麼高超的用刀技巧。」

「確實沒錯。對人來說，魔力愈多愈有利。所以，魔力多的人不會使用武器，而是選擇用魔法。」

的確，待在遠處就能安全地發動攻擊，而且使用魔法也需要相當程度的練習。既然有時間

練習用武器，不如練習魔法。我認識的那個新人冒險者女孩也每天都在練習魔法。如果要練習武器，就會荒廢魔法的練習。俗話說「魚與熊掌不可兼得」嘛。

所以，魔力多的人很少會使用武器。

在遊戲的世界也是一樣的道理。魔法師不會持劍戰鬥。

但我因為經常單獨行動，所以主要是練魔法與武器都會使用的魔法劍士。

「而且以妳這個年齡，應該無法輕易習得那麼高超的技術。」

我是靠遊戲學會的。

遊戲跟這個世界不同，想戰鬥的話，二十四小時隨時都行。一走出城鎮就能找到魔物，前往對戰場還能找到NPC或其他玩家。在現實世界，沒有體力或是受傷的話，就暫時無法戰鬥；但在遊戲中，只要使用補血藥就能恢復體力，就算受傷也能在比賽結束後治好。所以，一天可以進行好幾場比賽。

在現實世界受傷，直到痊癒為止都不能練習，而且比賽也會消耗體力，沒辦法連續打好幾場。

即使只有短短一年的遊戲世界，我所經歷過的戰鬥還是比這個世界的居民多。這個世界究竟有多少人曾經打倒幾萬隻魔物呢？又有多少人像我一樣，與各種魔物與各種職業的對手戰鬥過呢？

其中最大的差異是，這個世界沒有人比我死過的次數更多。普通人無法從死亡中學習。可是，透過無數次的死亡與落敗，我學到了許多事。這就是這個世界的人與我最大的差別。

只不過，如果沒有熊熊裝備，我就無法在這個世界發揮這份技術與力量了。真的很惱人。

我看著自己的熊熊布偶裝，忍不住嘆氣。如果這是一套帥氣的裝備就好了。

我們一走出考驗之門，菲娜與露依敏就跑了過來。看來她們都在外面等待。

「優奈姊姊！」

菲娜來到我的面前。我定睛注視著菲娜。

「優奈姊姊？」

菲娜一臉疑惑地回望著我。

「妳是本人吧？」

「本人？」

菲娜微微歪起頭。

好像是本人沒錯。因為才剛發生那種事，所以我忍不住懷疑。當時我被魔法牆中的輪廓和聲音騙了，但眼前的人毫無疑問是菲娜。

我用熊熊玩偶手套輕拍菲娜的頭。面對我這種不明所以的行為，菲娜的臉上浮現困惑的表情。

「妳們兩個人都沒事吧？」

有沒有發生記憶突然被複製之類的怪事？

「呃，公會職員來了。」

我望向菲娜的後方，有兩個穿著制服的公會小姐。然後，公會小姐跑向塔洛托巴先生。

「會長，你跑到哪裡去了！我們一來就發現會長不在，只有兩個小女孩，她們還說會長進入考驗之門了。」

「我只是去考驗之門裡面確認一下而已。」

「身為鐵匠的洛吉納先生和那個熊女孩也一起去了嗎？」

公會小姐先看著洛吉納先生，再看著我。

「這……」

「抱歉，是我硬要拜託他的。因為來自遠方的熟人說想看看考驗之門裡面。」

塔洛托巴先生正支支吾吾的時候，洛吉納先生幫忙打圓場了。然後，他瞄了我一眼。原來如此，因為不能把我挑戰考驗之門的事說出去，所以他打算謊稱是我央求他帶我進去參觀的。可是，這樣不就變成是我的錯了嗎？

「會長，這是真的嗎？」

其中一個公會小姐有點生氣地詢問塔洛托巴先生。

「……抱歉。」

「連我們都不能在沒有會長允許的情況下進入，就算是洛吉納先生的請求，你也不能讓這個女孩子進去裡面呀！」

見到公會小姐生氣的表情，塔洛托巴先生不知所措。

「別、別生氣嘛，我沒有讓她看到考驗的過程。」

塔洛托巴先生找藉口似的這麼說。公會會長真是沒有威嚴。還是說，是公會小姐的個性比較認真呢？

「可是，規定就是規定。請確實遵守。」

「抱歉。」

「我也要道歉。」

「對不起。」

繼塔洛托巴先生之後，洛吉納先生也道歉了，所以我也跟著道歉。

公會小姐輕輕嘆了一口氣。

「小姑娘，這裡面除了會長以外，只有挑戰考驗之門的人可以進入。連我們都不能進入。就算想參觀裡面，也不可以任性喔。」

可能是因為我看起來像小孩子，所以公會小姐原諒我了。

也對，畢竟我一點也不像是考驗之門的挑戰者。

「就算對象是個女孩子，會長也要遵守規定才行。」

「嗯，我知道錯了。」

「那麼，鐵匠與冒險者們差不多要來了，請來幫忙吧。」

正如公會小姐所說，過了一陣子，登上那道漫長階梯的鐵匠與冒險者就開始在建築物前排隊了。

「那麼，現在開始接受參加者的報名。」

公會小姐打開門，鐵匠與冒險者組成的搭檔便紛紛走進建築物。

一名公會小姐在桌子前接受報名，另一個人則到外面幫忙引導。

「總算是能正常開始了。」

塔洛托巴先生高興地看著鐵匠與冒險者。這兩個人都很年輕，可能是見習鐵匠與新人冒險者。然後，結束報名的第一組走了過來。

「那麼，我得陪他們進入考驗之門了。」

能夠進入考驗之門的人只有挑戰的鐵匠與冒險者，再加上負責監督的公會會長——塔洛托巴先生而已。

塔洛托巴先生正要離開的時候，洛吉納先生對他說道：

「塔洛托巴，這次受你照顧了。我總有一天會答謝你的。」

「要答謝我的話，你下次就自己做武器來參加吧。那樣一來我就沒意見了。」

「嗯，到時候我會做出最好的武器的。」

洛吉納先生說他要做出最好的武器。

該不會真的要做吧？

「只不過，如果要讓那個小姑娘參加，就要等到最後一天。這一點我是不會退讓的。」

塔洛托巴先生高興地回應洛吉納先生所說的話，然後跟挑戰考驗之門的第一組參加者一起走進門內。

雖然塔洛托巴先生那麼說，但我已經沒有再參加的打算。要是又發生麻煩事就傷腦筋了。而且我已經充分享受到考驗之門的樂趣。

「洛吉納先生，那我也要走了。」

「嗯，謝謝妳讓我得到一次寶貴的經驗，小姑娘。我會在明天之前做完妳們訂製的東西，記得來取貨啊。」

洛吉納先生好像要暫時留下來，看看接受考驗的鐵匠。

而我要帶菲娜與露依敏回去。

「優奈姊姊，考驗之門的考驗怎麼樣？」

菲娜一步一步跳下階梯，這麼問道。

露依敏就像是要逃離我似的，一個人奔下階梯。我問她要不要一起下去，她就逃走了。

「我已經全部通過了。」

「優奈姊姊真厲害。可是，參加者不能說出考驗的內容吧。」

跟我隔著幾階的菲娜從下方回頭問道。

「是啊，規定就是那樣。」

而且要我說出假菲娜的事情，我覺得很害臊。關於複製品的事也一樣。如果別人想像熊熊布偶裝vs熊熊布偶裝的戰鬥，我會覺得很丟臉。

「雖然我不能說出詳細的內容，但過程是在考驗武器的性能、武器使用者，還有武器使用者的心。」

我拿規定當擋箭牌，把詳細的內容說得很含糊。

「考驗心嗎？聽起來很難耶。」

嗯，確實很難。

菲娜出現的時候，我嚇了一跳。

「可是，我好想看看優奈姊姊戰鬥的樣子喔。」

「我也是。」

可能是聽到菲娜的聲音了，在菲娜下方幾階的露依敏這麼附和。

「啊，對了，優奈姊姊，妳聽我說。露依敏小姐原本想要擅自進到門裡面呢。我都跟她說不行了。」

「啊，菲娜，不要說出來啦。我後來又沒有進去。」

原本在下方的露依敏跑了上來，試圖摀住菲娜的嘴巴。

「她還說只看一下下沒關係呢。」

「菲娜～」

「結果因為公會的人來了，所以她沒有進去。如果沒有人來，她一定已經跑進去了。阻止她真的很辛苦。」

「因為我覺得很好奇嘛。」

露依敏試圖辯解，但我也不是不能理解她的心情。我也很想知道，所以才會登上漫長的階梯，來到考驗之門，接受洛吉納先生的好意，取得挑戰的機會。所以，我沒有資格批評露依敏。

「話說回來，大家都在看我們呢。」

「大概是因為我的打扮吧。」

我們走下漫長階梯的期間，跟幾組鐵匠與冒險者搭檔擦身而過。每次遇到別人，他們總是會對我們投以好奇的眼光。

「別人也有看我，不只是優奈小姐。」

「嗯，我也被看了。」

「可能是因為我們既不是鐵匠也不是冒險者，所以我們從上面走下來的樣子讓別人覺得很稀奇吧。」

雖然我不知道他們會接受什麼樣的考驗，但希望他們能努力挑戰。

「妳們兩個等一下要做什麼？我打算回旅館休息。」

我覺得精神方面很疲勞，所以想休息。

「既然這樣，我也要回去。」

「那我要做什麼呢？」

露依敏一個人猶豫了起來。

「跟洛吉納先生領完訂做的鍋子之後，我們就要回去了，所以妳可以做自己想做的事。」

「今天很早起，所以我也回去補眠好了。」

露依敏輕輕打了個呵欠，於是我和菲娜也忍不住跟著打了呵欠。

我們今天的確很早起。而且我有消耗魔力，打算一回旅館就睡覺。

回到旅館後，我召喚小熊化的熊緩與熊急當作布偶，想要抱著牠們睡覺，卻被菲娜和露依敏搶走，只好一個人入眠。

……好寂寞。

444 努力的托亞 之一

我在傑德醒來之前起床。這幾天的期間，我都抱著回歸初衷的心態練劍。我已經好久沒有這麼認真練劍了。或許是因為如此，我晚上都睡得很熟。

我從床上起身，正在準備出門的時候，睡在隔壁床上的傑德醒了。

「你起得真早。」

「是啊，畢竟考驗之門都開了。重點是距離期限已經沒剩多少時間。」

期限只到考驗之門關閉為止。我必須在那之前通過庫賽羅大叔的測驗。

「有希望嗎？」

「不是有沒有希望的問題，是要不要做的問題。」

「你說得對。冒險者一旦放棄，那就到此為止了。」

「比起被魔物包圍到無處可逃的情況相比，這點小事沒什麼。如果我能通過測驗，要不要乾脆由我來代替你去挑戰考驗之門？」

傑德受庫賽羅大叔所託，要去挑戰考驗之門。這表示鐵匠認可他的實力。我覺得有點不甘心。

可是，我跟傑德之間就是有這麼大的差距。

「這個嘛，如果你能通過庫賽羅先生的測驗，要不要我幫你問問看他？不過那樣的話，你就得在今天或明天以內及格了。」

傑德很少會這麼開玩笑。

也許他是為了激發我的幹勁才會這麼說的吧。

「你這麼說沒關係嗎？要是我表現太好，你就沒有機會出場嘍。」

「那樣一來，我就能輕鬆一點了。」

「你可別忘了剛才說過的話喔。」

可惡，我一定要通過庫賽羅大叔的測驗，讓傑德認可我。

我下到一樓，便看到梅爾和瑟妮雅已經在吃早餐了。

「妳們兩個早啊。」

「妳們已經在吃了啊？」

我和傑德跟梅爾她們坐在同一桌，點了早餐。

「托亞今天也要特訓？」

「是啊，多虧小姑娘，我覺得自己好像稍微懂一點了。我想趁自己還沒忘記的時候去練劍。」

「優奈真的很厲害呢。她明明很嬌小，竟然那麼擅長用魔法和武器。」

「不敢相信。」

正如梅爾與瑟妮雅所說，她是個令人不敢相信的女孩。我至今見過各式各樣的冒險者，但第一次見到小姑娘這種超乎常理的高手。

優秀的魔法師也是需要練習魔法的。梅爾說她在熊姑娘這個年紀時還是個初學者。熊姑娘小小年紀就會用那種程度的魔法，也很善於使用武器。我回想起自己在她這個年紀的時候，自覺實力跟她差得遠了。

我只能說她真的很厲害。

自從決定要成為冒險者，我就不斷地練劍。但如果能見到過去的我，我會叫自己練得更認真。

「小姑娘可能是個天才吧。」

「她不只靠天分。優奈很習慣實戰。從她戰鬥的樣子看來，她有相當豐富的經驗。」

傑德回應了我小聲說出的自言自語。

「就是說呀。優奈就算跟魔物戰鬥，也不會表現出害怕的樣子。普通人只要遇到魔物就會害怕了。我還記得自己在優奈這個年紀的時候，一看到魔物就怕得要命呢。」

「可是，優奈不是在那個時候當上冒險者的嗎？」

我們第一次見到小姑娘的時候，她才剛升上D級。當時的她在幾天前來到城裡，因為教訓了跑來找碴的冒險者，關於熊姑娘的事情才在冒險者之間傳開。

我剛開始還以為是玩笑話，所以一笑置之。可是在那之後，還是能聽說一些熊姑娘的傳聞。據說她靠著嬌小的身軀打倒了哥布林、哥布林王和虎狼。

最後聽說她一個人打倒黑蝰蛇的時候，我根本不敢相信。可是，我當時覺得那是因為她天生就有很多魔力的關係。所以，我覺得自己使用武器的技巧不會輸給她。但小姑娘會用小刀，也會用劍。而且她才這個年紀，技巧就比我更純熟了。

正如傑德所說，我覺得她好像真的經歷多許多生死關頭。

雖然從她那身熊打扮完全看不出來。

「優奈當上冒險者之前，到底在哪裡做些什麼呢？一定有在其他地方學過魔法和武器的用法吧。」

「她搞不好是從熊熊之國來的。」

瑟妮雅說起傻話。熊熊之國是什麼東西？我開始想像所有國民都跟小姑娘一樣打扮成熊的國家。我一點也不想去那種國家。

「我有點想去耶。」

看來梅爾的想法跟我正好相反。

「對了，傑德今天也要去找庫賽羅先生吧？」

「是啊，我們要討論關於考驗之門的事。」

吃完早餐的傑德與梅爾出發去拜訪庫賽羅大叔了。我和瑟妮雅則前往城市外面。

「妳其實不用跟我來的。」

「傑德和梅爾要我看著你，免得你亂來。」

瑟妮雅傻傻地遵守傑德他們的吩咐，跟在我身邊。

「所以你要到老地方練習嗎？」

「是啊。」

為了尋找適合練習的地方，我向冒險者公會打聽過這附近的地形。結果，我得知附近有個地方有小河，所以會固定到那裡練習。

累了可以到河裡洗掉汗水，周圍的樹木也可以遮擋陽光。附近沒有人，是很適合練習和休息的地點。

我跟瑟妮雅來到河川附近。

我從劍鞘中拔劍，開始空揮。如果揮得好，劍就會變輕。雖然感覺起來不明顯，但確實有差。揮舞到底的感覺不一樣。然後，趁著我還沒有忘記這份感覺的時候，我撿起幾根木棒，插在地上。

我開始深呼吸。

我回想剛才的感覺，一邊走動一邊依序砍斷木棒。

第一根木棒砍得很俐落，第二根也砍斷了，第三根與第四根卻被我打飛出去。這是因為連續揮砍的技術太差了。

揮劍不只靠力道，速度和角度也很重要。如果要比力道和速度，我應該也不會輸給傑德。既然如此，問題可能在於角度。

連靜止的木棒都砍不斷，就別想砍到會動的對手了。

正常來講，我揮劍的時候，對手也會移動。

而我邊走邊砍還會失敗，這樣是不行的。傑德、瑟妮雅、熊姑娘都能輕鬆辦到這種事。所以，他們在任何情況下都能對敵人造成傷害。

如果不能對付靜止的目標，我就跟庫賽羅大叔說的一樣，沒有資格使用祕銀之劍。

我不發一語地揮劍，立起木棒，練習砍斷。

我正在默默地揮劍的時候，瑟妮雅對我說道：

「托亞，吃午餐了。我肚子好餓。」

「已經到午餐時間了嗎？」

我的確也餓了，卻沒有發現。原來我有專心到這個地步啊。

「我準備好了，拿去吃吧。」

我正在揮劍的時候，瑟妮雅似乎幫我準備了午餐。

我得好好謝謝她。

我在河邊用濕毛巾擦拭臉和身體。冰涼的河水真令人舒暢。我擦完汗之後，走向瑟妮雅，看到她已經一個人吃起麵包來了。

「妳已經開動了喔？稍微等我一下又不會怎樣。」

我剛才想道謝的心情都消失了。

「你太慢了。再不快吃，我就連你的份一起吃掉。」

我在瑟妮雅面前坐下，把麵包放進嘴裡。因為肚子餓了，我覺得味道很棒。

「妳在這裡看也沒什麼好玩的吧。其實妳可以回去的。」

「沒關係，我剛才在睡覺。」

「妳在睡覺喔！」

我跟瑟妮雅已經認識很久了，但偶爾還是會搞不懂她在想什麼。不過，樹林可以遮擋陽光，聽著河水流動的聲音睡個午覺，或許也不錯。

我吃完午餐，正要重新開始練習的時候，聽到小孩子嬉鬧的笑聲。聲音正在漸漸靠近我們。附近有踩斷樹枝的聲音響起，三個矮人小孩從樹木後方走了出來。

「大哥哥，你們在做什麼？」

「如你們所見，我正在練劍。我倒想問問，你們在這種地方做什麼？」

「因為這裡沒有魔物，所以我們都來這裡玩。我們在玩的時候聽到有人說話的聲音，過來一看就見到大哥哥和大姊姊你們了。」

「大哥哥，你是冒險者嗎？」

「是啊，我是冒險者。」

我這麼一說，矮人小孩們便露出高興的表情。

「好帥喔。」

「你有打倒魔物過嗎？」

「嗯，當然有了。」

「好厲害。」

「讓我看看你的劍嘛。」

「我也要看。」

其中一個小孩試圖觸碰我的劍。我馬上把劍舉高。

「你這樣突然伸手摸，很危險的。」

「對不起。」

小孩乖乖道歉。我把舉高的劍放了下來，然後遞給想碰劍的小孩。

「可以嗎？」

「只能拿一下子喔。劍很重，小心一點。」

小孩用雙手拿起我遞出的劍。

「哦，好帥。我以後也想做這種劍。」

竟然不是想用，而是想做，真像矮人小孩會有的夢想。

「你以後想當鐵匠嗎？」

「嗯！對啊。我要變成厲害的鐵匠，做很多帥氣的劍。」

「這樣啊，加油喔。」

我撫摸小孩的頭，他便露出開心的表情。

「如果我做出帥氣的劍，大哥哥要來買喔。」

「也要買我的劍！」

「怎麼，因為我很帥嗎？」

看來在小孩子的眼裡，我似乎很帥。畢竟帥氣的男人才配得上帥氣的劍啊。

「不是啦。我爸爸說要好好珍惜常客，還說留不住客人的鐵匠是三流鐵匠。」

「這、這樣啊。既然如此，你一定要當上留得住客人的厲害鐵匠喔。」

冒險者也不會想買三流鐵匠做的武器。既然要託付性命，就要選擇優秀的鐵匠做的武器。

「大哥哥，我們可以看你練習嗎？」

「可以，但沒什麼好看的喔。」

「沒關係。」

孩子們離開我身邊，朝瑟妮雅走去。

我確認孩子們都遠離之後，開始揮劍。我揮了一次又一次。每次孩子們都會發出開心的叫聲，甚至在我砍斷木棒的時候歡呼。

「大哥哥好厲害。」

「因為武器的品質好啊。」

「這種時候應該說我的劍術好吧。」

「咦～」

可惡，雖然我允許他們參觀，但有點干擾到我了。

不過，我已經漸漸開始抓到感覺。我把庫賽羅大叔的兒子做的鈍劍插在地上。

我深呼吸，舉起祕銀之劍。

這個時候瑟妮雅大叫：

「托亞！小心後面！」

我回過頭，看見一隻巨大的野獸。

445 努力的托亞 之二

我聽到瑟妮雅的聲音，往後回頭就看到一隻龐大的野豬。牠的額頭上有長度相當於小刀的角。那是巨型野豬，體型跟熊姑娘的熊差不多大。牠跑得很快，別說是小孩子了，連我都跑不贏。

我開始思考該怎麼辦。現在負責下達指示的傑德不在，能從後衛的角度給予建議的梅爾也不在。

現場有我和瑟妮雅，還有必須保護的三個小孩。

如果只有一隻，我跟瑟妮雅聯手就能打倒。巨型野豬的特徵是衝撞與頭上的角。而且就算逃跑，牠也會窮追不捨。打倒的方法是躲開巨型野豬的衝撞，在擦身而過的時候攻擊。

只不過，萬一我躲開的時候，牠直接朝孩子們衝過去，那就完蛋了。

如果要打倒，就必須一擊斃命。

只能上了。

我正要呼喚瑟妮雅的時候，深處的樹木後方出現了第二隻巨型野豬。

開玩笑的吧？

我可沒辦法只用一擊就同時打倒兩隻巨型野豬啊。

我開始思考。我該怎麼做？

呵呵，答案一開始就確定了。

只要有人留下來吸引牠們的注意力，孩子們就能逃走。

「瑟妮雅，妳帶著那些小孩逃走！」

我為了吸引巨型野豬的注意，也為了告訴瑟妮雅，這麼大聲喊道。

「托亞……我留下來。跟你比起來，還是我留下來比較好。」

「妳確實比我強。但我也是男人，總不能丟下女人逃跑吧。巨型野豬的注意力已經放在我身上了。而且如果妳有動作，牠們也會注意到旁邊的小孩子。只要沒有人礙手礙腳，我就沒問題！」

為了吸引巨型野豬的注意，我用很大的音量說明。

「……托亞。」

「而且這可是練習祕銀之劍的絕佳對手，妳可別跟我搶。」

我看著巨型野豬，對瑟妮雅這麼說道。巨型野豬就快要發動攻擊了。牠們低吼著，觀察我的動向。

「托亞，你該不會在想什麼傻事吧？」

「別說得那麼難聽。我只是覺得牠們的角很適合練習罷了。」

我看著巨型野豬的白色尖角。

「現在的你打不贏，很危險。」

巨型野豬發動攻擊的時候，角會因魔力的集中而變紅。這個時候的角非常堅硬，再加上巨型野豬的衝撞力就能貫穿鐵製盔甲。另外，如果在凝聚魔力的狀態下把角砍斷，角就會維持紅色，屬於珍貴的素材，也可以當作裝飾品，能賣到很高的價錢。

「而且，巨型野豬不一定只在這裡出沒。我沒辦法帶著那些小孩逃跑，但妳辦得到吧。」

我沒辦法把害怕的小孩護送到城裡。不過，如果是瑟妮雅，就算遇到別的魔物應該也沒問題。

瑟妮雅交互看著我和正在發抖的小孩。然後，她只說了一句「我知道了」。瑟妮雅呼喚孩子們，催促他們逃跑。我為了吸引兩隻巨型野豬的注意，把地上的石頭踢向巨型野豬，大叫：

「瑟妮雅，快去！」

瑟妮雅點頭，帶著孩子們緩緩移動。

「你們的對手是我！」

我高聲呼喊，激勵自己，同時吸引巨型野豬的注意，直到瑟妮雅的身影消失為止。

「吼嚕嚕嚕……」

巨型野豬發出低吼，角逐漸變紅，然後朝我衝了過來。我往右閃躲，避開衝撞。

只要能砍下牠的紅角，我就能得到使用祕銀之劍的資格。

我看著角變紅的巨型野豬時，第二隻發動攻擊了。我勉強躲開衝撞。我望向瑟妮雅的方向，已經看不見她的身影。接下來只能祈禱瑟妮雅所逃的方向沒有其他的巨型野豬了。

我深呼吸，讓自己冷靜下來。

巨型野豬共有兩隻。萬一被牠們撞到，後果不堪設想。

仔細看。不要別開目光，專心。

兩隻巨型野豬活用龐大的身軀，從前後左右朝我衝過來。雖然是很單調的攻擊，但牠們身軀龐大，速度又快，所以時機並不好抓。

最大的問題是體型。

巨型野豬的體型很大，所以我得閃得夠遠才行。但是，如果用很大的動作來閃避，揮劍的時機就很難掌握。

更大的問題是躲開了一隻，另一隻就會馬上衝過來。

一點點的大意都有可能致命。

我握緊手上的劍。

我手上的劍是祕銀之劍。

巨型野豬向我發動攻擊。我往旁躲開巨型野豬的衝撞。然而，我才剛躲開，另一隻巨型野豬就馬上從後方朝我襲來。

我雖然躲得開，卻沒有機會揮劍。

一個人戰鬥就讓我深刻體會到隊友的可貴。我能靠梅爾的魔法來轉移注意力，趁機發動攻擊。傑德正面迎戰的時候，我可以從旁邊或後面攻擊敵人。現在回想起來，我發現自己以前總是在很輕鬆的狀況下戰鬥。又或者，可能是因為他們對我的實力不放心，所以才會讓我在安全的地方攻擊吧。

開什麼玩笑？我會變強的。

我一定會讓傑德主動拜託我應付正面的敵人。

所以，我怎麼能連兩隻巨型野豬都打不贏？

不過，我還是抓不到攻擊的時機。

最好能用最低限度的動作躲開攻擊並發動反擊，但總是不順利。

不要煩躁，冷靜下來。

不過，感到煩躁的似乎不只有我。

巨型野豬發出低吼，角漸漸轉紅。牠用腳在地面上一蹬，便朝我衝了過來。

好快！

我用最低限度的動作躲開。

不過，這個時機應該有機會。

我正要朝巨型野豬的紅角揮舞祕銀之劍時，看見另一隻巨型野豬從狹窄的死角向我衝過來。

我立刻扭轉身體來閃躲，巨型野豬的龐大身軀卻把我撞飛了。一陣劇痛流竄全身。明明只是擦到邊，衝擊力竟然這麼強。

可惡，如果只有一隻還應付得來，面對兩隻就沒轍了嗎！

我站起身的時候，聽到有什麼東西發出撥開草叢的聲音，從另一側的樹林靠近這裡。

是第三隻巨型野豬嗎！

至少牠沒有去追瑟妮雅，這樣還算好的！

要來就來吧！

兩隻和三隻都一樣！

不過，從草叢中現身的是黑色的熊。

446 熊熊去探視托亞

從考驗之門回來的我們一直睡到中午。

然後，我們正在旅館的餐廳吃午餐時，傑德先生和梅爾小姐來了。

傑德先生說他去拜訪了庫賽羅先生，調整要在考驗之門中使用的劍。

好像要調整成方便傑德先生握劍的狀態，並確認重量、長度、重心等各種細節。

聽說重心不同，揮劍的方式也會不同。

遊戲裡面並沒有重心的設定。我頂多會注意到劍的長度和重量。

「可是，那些事可以在一天內弄好嗎？」

「這個嘛，只要不是太過特殊的劍，揮過幾次就會漸漸習慣了。」

真不愧是一流的冒險者。

「優奈，妳一直都待在旅館嗎？」

「我一大早有出去逛一下。」

「是喔。」

他們沒有問我去了哪裡，所以我決定針對沒有出現在這裡的兩人發問。

「托亞和瑟妮雅小姐呢？沒跟你們在一起嗎？」

「托亞在城外作特訓。瑟妮雅去監視他了。」

啊，對喔，他還有祕銀之劍的測驗。

「他有希望通過庫賽羅先生的測驗嗎？」

「優奈，聽說妳有在托亞面前示範給他看。他說多虧如此，他好像稍微抓到訣竅了。」

上次托亞拜託我砍劍給他看，似乎有幫助到他。

既然他有抓到訣竅，就不枉費我示範給他看了。

「優奈，謝謝妳這麼照顧他。」

聽到傑德先生這麼向我道謝，我覺得有點難為情。

不過，庫賽羅先生的測驗只到考驗之門關閉為止。

回想起今天早上的事，我覺得好像沒剩多少時間了。

他搞不好會因為我的關係而無法通過庫賽羅先生的測驗。

要是他真的不及格，我會良心不安，所以我決定去看看托亞的情況。

「妳們兩個其實可以留在旅館的。」

我對菲娜與露依敏提起自己要去找托亞的事，她們就說要跟我來，所以我們一起來到城外。

「我也想知道托亞先生怎麼樣了。」

「而且就算留在旅館，也沒有事情可做嘛。」

好吧，既然她們倆想去，我也沒問題。

離開城市的我召喚出熊緩與熊急。

「那麼，熊緩、熊急，拜託你們了。」

「「咿～」」

我騎著熊緩，菲娜與露依敏騎著熊急，朝托亞的所在地出發。話雖如此，他今天大概也在上次那個有小河的地方練習，所以應該不遠。

我們進入森林，前進了一陣子，熊緩便停下腳步叫了一聲。

「熊緩和熊急怎麼了？」

見到熊緩和熊急停下腳步，露依敏這麼問道。

牠們的叫法有點難以分辨。

聽起來不像是有魔物出現的緊急叫聲，該不會有人吧？

我開啟探測技能。

果然沒錯，就是因為附近有人，牠們才會通知我。

反應有四個。

如果是托亞和瑟妮雅小姐，反應應該只有兩個。

要是被別人看到熊緩與熊急，對方會嚇到的。

我正在猶豫的時候，反應愈來愈靠近。

我正打算遠離道路，等對方經過的時候，熊緩與熊急再度叫了一聲。我正想問牠們怎麼了，這時菲娜與露依敏開口說道：

「是瑟妮雅小姐。」

「真的耶，她帶著小孩子跑過來了。」

瑟妮雅小姐的確帶著小孩子一起跑，偶爾還會回頭查看。

「是不是發生什麼事了？」

我們往瑟妮雅小姐的方向前進。

我們從道路外走出來，瑟妮雅小姐就對我們舉起了小刀。

「優奈？」

「有熊！」

瑟妮雅小姐露出鬆了一口氣的表情，放下小刀。

矮人小孩一看到熊緩與熊急就嚇了一跳，躲到瑟妮雅小姐身後。

「這些熊不危險，別擔心。」

瑟妮雅小姐安撫孩子們。

「瑟妮雅小姐，發生什麼事了嗎？妳看起來好像很慌張。」

應該跟她一起行動的托亞也不在。

而且孩子們臉上都掛著不安的表情。他們看到熊緩與熊急之前就這樣了。

「巨型野豬出現了，托亞正在一個人戰鬥。」

「巨型野豬？」

巨型野豬好像是體型很大的野豬吧？

我從瑟妮雅小姐口中聽說了詳細情形。

她說托亞正在練劍的時候，巨型野豬出現了。瑟妮雅小姐原本也想一起戰鬥，但因為還有孩子們在場，所以托亞要她帶著孩子們一起逃走。

我再度使用探測技能，確認周圍。

沒有魔物的反應。

好像在更遠一點的地方。

「優奈，這些孩子拜託妳了。」

「妳該不會要回去托亞那裡吧？」

瑟妮雅小姐輕輕點頭，但孩子們抓著瑟妮雅小姐的衣服，不願意放開。

瑟妮雅小姐看著孩子們，露出傷腦筋的表情。

「要不然，我去找托亞好了。」

「優奈，妳要去？」

「我會順手幫幫托亞的。而且有熊緩在，我馬上就能趕到他那裡。」

既然探測技能沒有發現魔物的反應，就表示魔物在探測的範圍之外。由此可見，距離有點遠。跟瑟妮雅小姐的腳程相比，我騎著熊緩趕過去會比較快。

「可是……」

「妳也知道我的實力吧？」

瑟妮雅小姐先看看矮人孩子們，再看看我。

然後，她下定決心。

「既然如此……」

瑟妮雅小姐拜託我一件事。

托亞正在跟巨型野豬戰鬥。而且，聽說他是用很亂來的方式戰鬥。巨型野豬的角只要灌注魔力就會變硬。托亞似乎打算用祕銀之劍砍斷帶著魔力的角。

瑟妮雅小姐說如果托亞想亂來，希望我能夠阻止他。

「優奈，拜託妳。」

「交給我吧。菲娜和露依敏先跟瑟妮雅小姐一起回城市。熊急把大家送到城市附近之後，就過來跟我會合吧。」

「咿～」

熊急叫了一聲，就像是在說「交給我吧」。

牠真的很可靠。

「優奈姊姊，妳要小心喔。」

「優奈小姐，請千萬別勉強。」

我在大家的目送之下，騎著熊緩朝托亞所在的地方奔去。

然後，我才剛離開瑟妮雅小姐不久，探測技能馬上就出現了人與巨型野豬的反應。這個人就是托亞嗎？

我叫熊緩用最快的速度朝托亞所在的地方前進。

話說回來，我明明聽傑德先生說過，這座城市附近並沒有魔物。托亞的運氣也真差。

447 努力的托亞 之三

出現的人是騎著黑熊的熊姑娘。

「妳怎麼會在這裡？」

我一面注意巨型野豬，一面發問。

「我聽瑟妮雅小姐說你出事了，所以來幫忙。」

「瑟妮雅呢！」

「她跟熊急一起回城市了。」

這句話讓我鬆了一口氣。

他們平安回去了啊。而且小姑娘也來了。

「所以，需要我幫忙嗎？」

小姑娘望向巨型野豬。

巨型野豬面向小姑娘，發出威嚇的低吼。

「我覺得牠們好像在挑釁我耶。」

不，牠們挑釁的對象應該不是妳，而是載著妳的熊吧。

小姑娘從熊背上跳下來。

「小姑娘，妳等一下。這些傢伙交給我來對付。」

「兩隻都是嗎？」

「嗯。」

知道瑟妮雅和那些孩子都平安，我就能心無旁騖地戰鬥了。

但是，巨型野豬朝小姑娘衝了過去。

小姑娘的熊挺身而出，擋下了巨型野豬的衝撞。

「我可以攻擊嗎？」

小姑娘隨口一問。

雖然想砍紅色的角，但我冷靜下來思考。

我總不能放過可以打倒對手的機會。

而且，現在的我還不具備能單獨打倒兩隻巨型野豬的實力。

「讓我來吧。」

雖然有點卑鄙，但我從後方對動彈不得的巨型野豬發動攻擊。我用劍刺中巨型野豬的身體。

牠的肉很厚。我使勁用劍刺向深處。巨型野豬開始掙扎。我拔出劍，朝巨型野豬的身體揮砍。

要怪就怪巨型野豬自己從我身上轉移了注意力。這可是賭上生死的戰鬥。我並沒有強到能同情對手，也沒那麼仁慈。

被劍刺中的巨型野豬那龐大的身體倒了下來。

這樣就只剩一隻了。

我望向小姑娘，發現她的臉上掛著遺憾的表情。

「妳怎麼了？」

她對我打倒巨型野豬有什麼意見嗎？

「我只是覺得，既然你要用普通的方式打倒牠，我真想先把紅角砍下來。」

看來她並不是對我打倒巨型野豬有意見。

不過，請別把砍斷巨型野豬的紅角這件事說得那麼簡單。如果小姑娘在我眼前輕易砍斷巨型野豬的紅角，我或許會受到無法恢復的精神傷害。我會忍不住心想「啊，我果然敵不過天才」。

這會讓我重新認知到自己與小姑娘的實力差距。

傑德、梅爾與瑟妮雅都是優秀的冒險者，只有我是凡人。我的心必須比別人更堅強才行。

「那還真是對不起妳了。很抱歉，我也要打倒另一隻巨型野豬。」

我望向剩下的一隻巨型野豬。可能是因為同伴被殺死的關係，巨型野豬發出低吼，紅色的角也變得更紅了。現在的我需要盡量累積經驗。而且如果只有一隻，就能當作我的練習對象。所以，我不能讓給小姑娘。

不過，小姑娘說出了意料之外的話。

「既然這樣，我就去打倒其他的巨型野豬吧。我會把熊緩留在這裡，有什麼狀況就請牠幫忙吧。熊緩，如果托亞有危險，你要幫他喔。」

等一下，剛才小姑娘說了什麼？

我把看著巨型野豬的目光轉向小姑娘。

「喂！妳說其他的巨型野豬是什麼意思！」

難道還有更多嗎？

「現在應該不是跟我聊天的時候吧。如果不好好盯著對手，就會跟你剛才打倒的巨型野豬一樣，從後面被偷襲喔。」

我聽到小姑娘這麼說，馬上拉回視線，發現巨型野豬已經朝我衝過來了。

我在千鈞一髮之際躲開。

我接著往小姑娘的方向看過去，那裡已經只剩黑熊了。

搞什麼，真的還有更多嗎？而且別人打得這麼辛苦，她竟然一派輕鬆地去解決其他對手了。

不過，多虧有小姑娘，我才能製造一對一的狀況。而且一想到身邊有小姑娘的熊，我便感到安心。如果不能在這種狀況下砍斷紅角，我就不是男人了。

我舉起祕銀之劍。

巨型野豬發出低吼，然後開始集中魔力，使角變紅。

彷彿作好準備，牠朝我衝了過來。我等牠逼近到極限，再往旁邊閃躲，用祕銀之劍朝灌注了

魔力的紅角揮砍，但劍被彈開了。好硬。因為牠很憤怒，所以角中凝聚了許多魔力，顏色比剛才更紅了。

「咿～」

別發出那麼擔心的聲音。難得你的主人願意把這個練習對象讓給我。你是沒有機會出場的，只要在旁邊看著就好。

我瞄了一下一臉擔心的熊，對牠露出笑容。

回想起砍劍的時候吧。就算是碰巧，我也曾經砍斷過幾次。

快想起當時的手感。

我不斷躲過巨型野豬的衝撞，等待時機。

我原本想用最小的動作躲開巨型野豬的衝撞攻擊，但牠的身體卻微微偏向我閃躲的方向。

躲不掉了。

我的身體被彈飛。糟糕了。這次跟剛才不同，衝擊力更強。我翻滾到地面上。我想立刻站起，卻因為劇痛而無法馬上起身。

要是不快點站起來，牠馬上就要發動攻擊了。

我用手臂與雙腳施力。

快站起來！

躲開啊！

我命令自己的身體。

我使盡全身的力氣，站了起來。然後，我望向巨型野豬，發現牠正朝我衝過來。我躲不掉。

當我這麼想的時候，一個黑色的東西撞上了巨型野豬。

小姑娘的熊從旁攻擊巨型野豬，救了我。被黑熊撞擊的巨型野豬往旁邊倒下。黑熊叫了一聲，一臉擔心地看著我。

「謝謝你。」

我向小姑娘的熊道謝。

我沒想到牠真的會在我陷入危險的時候出手。一想到自己正被熊守護著，我就有種奇怪的感覺，但我確實因此撿回了一命。

我對缺乏實力的自己感到懊悔。為什麼我會這麼弱？

我很不甘心。

就算如此，我也不能在這裡停下腳步。

快回想起來，回想小姑娘的砍法。最重要的是，回想我至今在傑德身邊學到的劍術。

被熊撞飛的巨型野豬站了起來。

小姑娘的熊為了保護我，站到我的前方。

「我可以的，你讓開吧。」

到。

「咿～」

「你別發出那麼擔心的叫聲嘛。」

我叫熊退下，在巨型野豬面前舉劍。

「你的對手是我！」

我對巨型野豬大喊。

原本面對熊的巨型野豬把注意力轉向我。

巨型野豬發出低吼，朝我衝過來。

冷靜下來，專心。快回想砍斷劍的感覺，回想小姑娘的劍法，回想傑德的劍法。我一定辦得到。

我躲開巨型野豬的衝撞，朝牠的紅角揮劍。

成功了——我這麼想的瞬間，巨型野豬的頭動了。角的位置因此改變，彈開了我的劍。

衝過我身旁的巨型野豬反轉身體，立刻朝我襲來。

我站穩腳步，舉起劍的瞬間，不慎被小石頭絆倒，失去了平衡。

糟了。

巨型野豬逼近我。

「咿～」

熊介入我和巨型野豬之間，阻止了牠的衝撞。

然後，熊順勢把巨型野豬往旁推倒。

牠真是一隻厲害的熊。

「你又救了我一次。」

「咿～」

熊發出高興的叫聲。

我看著倒在地上的巨型野豬。

現在的我無法砍斷正在移動的巨型野豬角。不過，怎麼可以連倒地的巨型野豬角都砍不斷？

我勉強活動感到劇痛的身體，靠近倒地的巨型野豬。巨型野豬試圖站起來，但因為體型龐大，所以動作很慢。我用腳使勁一蹬，高舉手臂，在腦中模擬劍的軌跡，朝紅色的角揮下祕銀之劍。

紅角因此被砍斷，我則順勢將劍收回，然後深深刺入巨型野豬的頸部。

巨型野豬的動作停了下來。

……結束了。

我撿起紅色的角。

……砍斷了。我忍不住發笑。這是我至今為止揮得最好的一劍。不過，我只是砍下了不會動的巨型野豬角，就算被認定為半吊子也無可奈何。我得更加努力才行。

我轉頭望向在一旁守護我的小姑娘的熊。

「你叫做熊緩吧，謝謝你。」

我這麼道謝，牠便高興地叫了一聲。

可惡，牠叫得這麼可愛，難怪瑟妮雅和梅爾那麼疼愛牠。

我摸摸牠的頭，表達謝意。觸感怎麼這麼柔軟？好舒服。

附近沒有人在看吧？

我環顧四周。確定沒有其他人之後，我把臉埋進熊緩的身體。

哦，感覺好舒服。這種軟綿綿的觸感是怎麼回事？因為身體很疲勞，感覺好像特別舒服。如果能抱著牠睡覺，或許可以睡得很香吧。當我抵擋不了誘惑而閉上眼睛的時候——

「托亞，你在做什麼？」

我馬上睜開眼睛，放開熊緩，然後尋找聲音的主人。騎著白熊的瑟妮雅出現在我面前。

「瑟妮雅，妳怎麼會在這裡！」

「我很擔心，所以就來了。結果一來就看到你抱著熊緩。」

瑟妮雅看著熊緩與我。

「不、不是啦。」

我遠離熊緩，熊緩就發出有點傷心的叫聲。

「沒有啦，不是那樣。」

我也對熊緩這麼說。

「不是怎樣？」

「咿～」

我交互看著瑟妮雅與熊緩。

「不是那樣啦～～～～～～～～～～～～」

我的叫聲在森林中迴響。

後來，帶著瑟妮雅過來的白熊去找熊姑娘了。聽說是白熊要去找熊姑娘的時候，瑟妮雅拜託牠帶自己過來的。

不論是這隻叫做熊緩的黑熊，還是那隻叫做熊急的白熊，都聽得懂人話，而且也會遵從主人的指示，懂得判斷是否有危險。我忍不住懷疑牠們是不是真的熊。重點是，牠們摸起來的觸感非常好。感覺就像是被頂級毛皮包裹似的。我真想在那種毛皮的包裹之下睡個好覺。

可是，被瑟妮雅撞見我抱著熊緩的樣子，實在不太妙。

「瑟妮雅，那隻熊剛才只是要把受傷的我扶起來而已啦。」

我這麼對幫我包紮的瑟妮雅找藉口。

「但你一臉幸福地抱著牠耶。」

「那是妳的錯覺。」

「咿～」

熊緩好像正擺出「真的嗎？」的表情看著我。因為牠聽得懂人話，所以不好應付。我不能說出傷害牠的話。

瑟妮雅露出微笑，目光落在我的手上。

「你把角砍斷啦？」

我的手上握著巨型野豬的紅角。

「是啊，這都是多虧了熊姑娘和熊緩。」

「熊緩？」

我一喊出熊的名字，瑟妮雅就吐槽我了。

「小姑娘的熊不是有兩隻嗎？我只是用名字分辨牠們而已。」

「你平常明明都叫牠們黑熊和白熊。」

瑟妮雅記得還真仔細。

「妳想太多了。」

我看著熊緩。

「你不用去找主人嗎？我們已經沒事了。」

「咿～」

牠雖然會回應，卻沒有離開。也許是因為白熊已經趕往主人身邊了，所以牠覺得自己不必過去；也有可能是為了遵守小姑娘的吩咐，所以牠才會待在我身邊。光從表情很難判斷。

「優奈人呢？」

「她說還有其他巨型野豬，跑去打倒牠們了。」

「既然這樣，我們得去幫忙才行。」

聽到我說的話，瑟妮雅站了起來。

這個時候，我們聽見撥開草木的聲響，發現騎著白熊的小姑娘出現了。

「小姑娘，妳沒事啊。」

「托亞沒事吧？」

她看著被瑟妮雅包紮過的我，歪著頭問道。

「是啊，多虧妳留下來的熊，我得救了。」

我看著熊緩，牠便高興地奔向身為主人的小姑娘。小姑娘從白熊背上跳下來，撫摸熊緩的頭。

「謝謝你喔。」

「咿～」

得到主人的稱讚，熊緩露出高興的神情。

這個時候我重新認知到，熊緩會幫助我並不是因為我這個人，而是因為主人的命令。

可惡，我才不寂寞呢。

「對了，其他的巨型野豬怎麼樣了？」

「嗯，周圍共有三隻，我已經打倒牠們了。」

小姑娘說得就像是打倒野狼一樣簡單。然後，小姑娘從熊臉造型的手套裡取出巨型野豬，而且她的手上還有三根紅角。

我明明那麼辛苦，小姑娘卻輕鬆取得了巨型野豬的紅角。她一定是在巨型野豬移動的時候把角砍斷的吧。我是趁熊緩把巨型野豬推倒的時候砍斷的。

這就是天才與凡人的差距。要消除這個差距是很辛苦的。

在那之前，我得先跟傑德、瑟妮雅與梅爾並駕齊驅才行。這條路恐怕很漫長。我看著自己手中的一根紅角。這就是我的第一步。

448 熊熊打倒巨型野豬

我離開托亞身邊，在森林中奔馳，前往其他巨型野豬所在的地方。

老實說，我想要先解決掛心的事再去找其他的巨型野豬，但托亞要我別出手。

玩遊戲的時候也一樣，搶走其他玩家正在對付的魔物是違反禮節的行為。如果他向我求助，我就會戰鬥；但既然他拒絕了，我就不能攻擊魔物。

經過一番思考，我決定拜託熊緩看著托亞，一個人去打倒其他的巨型野豬。

而且，如果其他的巨型野豬去襲擊別人就糟糕了。

就像瑟妮雅小姐帶著的那些孩子，附近搞不好還有其他人。

我使用探測技能，前往有幾隻巨型野豬反應的地方。

找到了。

巨型野豬正在緩緩走動。

雖然從後面打倒牠們也行，但我對紅色的角很好奇，於是繞到巨型野豬的前方。

角不是紅色的。

巨型野豬一見到我便發出低吼，朝我衝過來。

一見到人就攻擊，這種魔物還真危險。

果然得打倒牠們才行。

我輕鬆躲開巨型野豬的衝撞。雖然也能放魔法，但既然都要打倒了，我想先砍斷紅色的角。

我放了一點魔法，挑釁巨型野豬。巨型野豬發出低吼，角便開始漸漸轉紅。魔力會集中在角上，使它變成紅色。

我從熊熊箱裡取出熊緩小刀。然後，我在千鈞一髮之際躲開巨型野豬的衝撞，朝紅色的角揮下熊緩小刀。紅角被俐落地斬斷，滾落到地面上。然後，跑過我身邊的巨型野豬停下來，回頭面向我。牠的口中發出憤怒的低吼。巨型野豬就像鬥牛一樣踩踏地面，準備起跑。

光是砍斷牠的角，似乎無法讓牠打消戰意。

巨型野豬再次發出低吼，蹬著地面，朝我衝了過來。可是，力道不像剛才那麼強。雖然可憐，但我不能放著一見到人就會發動攻擊的凶暴魔物不管。

我朝巨型野豬放出冰箭。冰箭刺中腦袋，巨型野豬便停止活動，倒了下來。

確認巨型野豬再也不動以後，我把牠收進道具袋，並撿起掉在地上的紅角，出發去找下一隻巨型野豬。

然後，我正在尋找剩下的巨型野豬時，熊急在途中與我會合了。

看來熊急已經確實把菲娜和瑟妮雅小姐等人護送到城市。

我跟熊急會合以後，一起打倒了剩下的巨型野豬。

當然了，我在打倒每隻巨型野豬的時候都取得了紅色的角。我的原則是能拿的東西就要盡量拿。

我用探測技能確認周圍已經沒有巨型野豬，然後回到托亞所在的地方。原本跟我們分頭行動的瑟妮雅小姐正在那裡幫托亞包紮。

「小姑娘，妳沒事啊。」

「托亞沒事吧？」

跟我離開之前相比，他受到的傷好像更多了。

「是啊，多虧妳留下來的熊，我得救了。」

熊緩朝我走過來。看來牠有確實辦好我交代的事。我撫摸熊緩的頭。

「謝謝你喔。」

「咿～」

熊緩露出高興的神情。

「可是，為什麼連瑟妮雅小姐都在這裡？妳不是回城市了嗎？」

「因為我很擔心笨蛋，就請熊急回頭的時候順便載我來了。」

瑟妮雅小姐先看了托亞一眼，再看著熊急。

「妳說的笨蛋是指我嗎？」

「現場的笨蛋只有一個人。」

雖然嘴巴上這麼說，瑟妮雅小姐還是繼續用繃帶包紮托亞的手臂。

「對了，妳說要去打倒其他的巨型野豬，後來怎麼樣了？」

「周圍共有三隻，我已經打倒牠們了。」

我從熊熊箱裡取出巨型野豬與三根紅角。看到這些東西，托亞便望向自己手中的紅角。看來托亞也成功取得紅色的角了。

「我費盡千辛萬苦才打倒一隻耶。」

瑟妮雅小姐包紮的好幾圈繃帶訴說著托亞付出的辛勞。

「托亞滿身是傷呢。」

「我只是稍微失誤了一下，所以被撞飛而已。」

「稍微？」

瑟妮雅小姐用手指戳了一下包著繃帶的地方，托亞便露出疼痛的表情。

「……就是稍微。」

不論誰來看都會覺得他在逞強。據瑟妮雅小姐所說，他似乎只有受到挫傷。

「就只有身體特別強壯，真羨慕你。」

瑟妮雅小姐隔著繃帶，用手指戳了好幾下。托亞每次都會咬緊牙關忍耐。既然會痛就別逞

強，坦白喊痛就好了嘛。

「所以，你是跟瑟妮雅小姐一起打倒巨型野豬的嗎？」

「我是一個人打倒的。」

「咿～？」

「……我們倆一起打倒的。」

熊緩一叫，托亞就更正了自己說的話。

為什麼？

「妳的熊有稍微幫我一下。」

他說多虧了熊緩，他才能砍斷紅色的角。

「托亞剛才抱著熊緩呢。」

「瑟、瑟妮雅！」

「抱著熊緩？」

「我不會把熊緩交給你的。」

瑟妮雅小姐抱住熊緩說道。

「沒人會跟妳搶啦。」

熊緩有點困擾地叫了一聲。

「熊緩應該是我的才對。」

我這麼宣告，熊緩就發出高興的叫聲，熊急則發出傷心的叫聲。我說「熊急當然也是我的了」，牠便露出高興的神情。

「對了，優奈，還有其他巨型野豬嗎？」

抱著熊緩的瑟妮雅小姐這麼問道。

「我想這附近應該已經沒有了，但我不知道更遠的地方有沒有。」

我終究只能根據探測技能的有效範圍來判斷。

「妳怎麼知道附近沒有魔物？簡直就像真的熊一樣。」

「咿～」

「我不是說你啦。」

熊緩一叫，托亞就馬上反駁了。

「既然如此，我們得向冒險者公會報告才行。」

據說這座城市附近本來不會有魔物出沒。瑟妮雅小姐說就是因為這樣，孩子們才會來這裡玩耍。而且回報魔物出沒的情形也是冒險者的職責。

這麼說來，確實是有那種規定呢。

我剛當上冒險者的時候，曾經因為沒有回報就被海倫小姐罵了一頓，現在回想起來還真懷念。

不過，我當時不知道這個規定，所以也沒辦法。

幫托亞包紮好以後，我們騎著熊緩與熊急返回城市。托亞畢竟是傷患，所以我問他要不要騎，但他露出非常猶豫的表情，卻又馬上說「不用了，我可以自己走」，拒絕了我。

不過，返回城市的期間，他總是頻頻瞄著騎在熊緩背上的瑟妮雅小姐。

為什麼呢？

我們回到城市時，正好見到傑德先生與梅爾小姐跑過來的樣子。

「托亞，你沒事吧？」

「你們怎麼這麼擔心？」

「因為我們聽菲娜和露依敏說出事了。」

看來他們從菲娜和露依敏的口中聽說了事情經過，所以才會趕過來。

「只是巨型野豬而已，沒事啦。」

「但你受了不少傷呢。」

「托亞，你真的沒事嗎？」

「我只是稍微被撞了幾下。而且熊姑娘的熊緩救了我。」

「「熊緩？」」

傑德先生與梅爾小姐歪起頭。

我確實覺得有點怪怪的，原來是因為托亞叫了熊緩的名字。

所有人的目光都集中到托亞身上。

「我是說小姑娘的黑熊啦！瑟妮雅，我們快點去冒險者公會報告吧。」

托亞就像是想掩飾什麼，跟瑟妮雅小姐一起朝冒險者公會走去。

我也得一起去嗎？我正感到麻煩的時候，托亞與瑟妮雅小姐就說要順便幫我回報我打倒的巨型野豬了。

托亞說：「就算說是熊姑娘打倒了巨型野豬，也沒有人會相信。」

瑟妮雅小姐說：「說明優奈的事反而更麻煩。」

他們這麼說道。雖然不必去報告是很輕鬆，但我覺得有點傷心。

根據我後來聽說的消息，公會似乎會派冒險者去探索周圍。

巨型野豬出沒的原因不明，但瑟妮雅小姐說牠們有可能是成群結隊來這裡覓食的。

一回到旅館，菲娜與露依敏就出來迎接我了。兩人一見到我就露出放心的表情，朝我跑了過來。

「雖然我知道優奈姊姊很強，但還是會擔心。」

「因為就算有熊緩和熊急在，跟魔物戰鬥還是很危險嘛。」

看來我讓她們兩個人擔心了。

經歷許多事以後，回到旅館的我決定在房間裡休息。我對菲娜與露依敏說她們可以出門，但

她們選擇跟小熊化的熊緩與熊急一起玩。

我正在房間裡放鬆時，有人來敲門了。

「是我。」

是托亞的聲音。我打開門，看到托亞抱著一個壺，站在門外。他好像已經向冒險者公會報告完畢，回到旅館了。

「什麼事？」

該不會是要我參加巨型野豬的狩獵行動吧。

我好歹也有確認過城市的周圍。就算有其他魔物，也得跑到遠離城市的地方。我想拒絕那種麻煩事。不過，托亞說出的話跟我所想的不一樣。

「這是蜂蜜，拿去給妳的熊吃吧，算是今天的謝禮。」

托亞對我遞出手上的壺。

原來他是特地拿蜂蜜來送給熊緩的。

「給熊緩的嗎？」

「也給白熊，因為牠幫忙載瑟妮雅回來了。而且只有一隻有得吃，那就太可憐了吧。幫我轉告牠們，牠們今天幫了大忙。」

托亞只留下這番話就返回自己的房間了。

「熊緩、熊急，這是托亞送你們的禮物。」

我對變成小熊的模樣，在床上跟菲娜和露依敏一起玩的熊緩與熊急說道。我拿著裝了蜂蜜的壺走向床邊，熊緩與熊急就靠過來了。

「托亞先生拿了什麼東西來？」

「蜂蜜，他說是送給熊緩和熊急的禮物。熊緩、熊急，你們要吃嗎？」

「「咿～」」

牠們說要吃，於是我拿出湯匙，把蜂蜜舀到熊緩的口中。

「好吃嗎？」

「咿～！」

好像很好吃。

我接著又舀了一匙蜂蜜，送到熊急的嘴裡。

熊急也吃得津津有味。

「啊，優奈小姐，我也想餵牠們。」

「我也要。」

看到我餵熊緩與熊急吃蜂蜜，菲娜和露依敏就說想試試看了。

「好吧，但要是讓蜂蜜滴到床上就糟糕了，我們去桌子那邊。」

「「好！」」

菲娜抱著熊緩，露依敏抱著熊急，走向桌子。我把壺放到桌上，再拿出另一支湯匙，交給菲

娜與露依敏。

兩人就像餵雛鳥一樣，餵自己腿上的熊緩與熊急吃蜂蜜。

「感覺好療癒喔。」

「熊緩和熊急真的好可愛。」

「不要餵牠們吃太多喔。」

雖然我覺得應該沒問題，但還是這麼叮嚀。

吃完蜂蜜之後，熊緩與熊急的嘴巴變得黏糊糊的。我原本想召回牠們，但又決定幫牠們洗澡，答謝牠們今天的辛勞。

449 熊熊看熱鬧

打倒巨型野豬的隔天，托亞說要去接受庫賽羅先生的測驗，所以我決定一起去。

他的身體好像已經沒有大礙了。

「你們也不用全都跟我一起去吧。」

走在最前方的托亞回過頭這麼說。

「因為我很閒。」

「我很閒嘛。」

「超閒。」

「因為優奈姊姊要去。」

「既然優奈小姐要去的話。」

「我畢竟身為隊長啊。」

換句話說，我們就是一群想打發時間的圍觀者。而且我這幾天就要回去了，所以想見證這件事的結果。

聽到我們這麼說，托亞輕輕嘆了一口氣，放棄似的邁出步伐。

我們一大早便浩浩蕩蕩地來到庫賽羅先生的打鐵舖。

「你來啦。」

「嗯，我來接受測驗了。」

測驗的機會有三次。只要三次之中有任何一次，用祕銀之劍砍斷庫賽羅先生的兒子做的鐵劍，就算是及格。以棒球而言，這個程度已經是一流打者；但以劍術測驗而言，我也不知道這個及格標準到底是寬鬆還是嚴格。

「所以，你已經辦得到了嗎？」

「你看看這個。」

托亞拿出自己砍斷的劍和巨型野豬的紅角。

聽說他每砍幾次劍就會成功一次，但問題在於機率變得多高。

「我有聽說一點關於巨型野豬的傳聞，原來是你打倒的啊。」

「是啊。」

「才怪，那是優奈的貢獻。」

托亞說的話馬上就被瑟妮雅小姐反駁了。

「不，我也有貢獻啊。我確實打倒兩隻了。」

「你昨天明明說過，你是在熊緩壓制住巨型野豬的時候攻擊的。」

「嗚！那是因為……」

「其他的巨型野豬都是優奈打倒的。」

「……可是，我確實砍斷了巨型野豬的紅角啊。」

托亞把巨型野豬的紅角拿到瑟妮雅小姐面前。

「優奈有三根，托亞只有一根。」

「嗚嗚。」

瑟妮雅小姐說的話讓托亞沮喪地垂下肩膀。

「喂，我還有事要忙。你到底要測，還是不測？」

「當然要測了。」

托亞開始準備。

……然後，測驗結果出來了。

「等一下，不該是這樣的。」

測驗結果是連續失敗三次。

「再一次，再讓我試一次就好。啊，一定是刀刃部分有缺角的關係。」

「刀刃很完整啊。」

「托亞，你昨天不是才自己保養過嗎？」

跟托亞住同一間房的傑德先生這麼爆料。

「庫賽羅大叔，拜託你，再給我一次機會。」

托亞雙手合十，這麼懇求庫賽羅先生。

「好吧，只有一次而已喔。」

庫賽羅先生一臉無奈地答應。

然後，第四次的結果還是失敗。

後來，托亞不斷拜託庫賽羅先生再給他一次機會，總算在第十次成功，通過了測驗。

這樣算是通過了測驗嗎？

三分之一與十分之一的成功率相比，差距相當大。在棒球遊戲中，打擊率一成的打者與三成的打者之間有著天壤之別。只有一成是進不了一軍的。

「看在巨型野豬的紅角和你這身傷的份上，我就算你及格。傑德，你要好好照顧這個小子。」

「我會的。」

然後，庫賽羅先生重新對傑德先生說道：

「對了傑德，你準備好了嗎？如果沒問題，我們等一下就去考驗之門吧。」

今天是考驗之門開啟的第二天。

我沒聽說考驗之門關閉的消息，所以現在應該還在進行考驗。

「我隨時都能出發。」

「那我們走吧。我可得趕快結束，幫這小子做劍才行。」

他們好像要直接去挑戰考驗之門，所以我們決定一起去。

雖然不能看到傑德先生挑戰的過程，但我還是想知道考驗有沒有順利進行。

於是，我們來到漫長階梯的最下方。

「不管看幾次，我還是對這段漫長的階梯敬謝不敏。」

「嗯，把考驗之門蓋在上面的人一定是笨蛋。」

梅爾小姐與瑟妮雅小姐嫌麻煩似的仰望階梯。

不過，根據我聽說的情形，其中好像包含地形與魔力流動等各種因素，或許無可奈何吧。我也覺得很麻煩就是了。

「托亞可以回旅館休息沒關係。你的傷還會痛吧。」

「不會啊，這點程度根本算不上受傷，沒問題。要不要乾脆由我來代替你出場？畢竟我都通過測驗了。」

「那是人家一再包容你的結果吧。」

據他們所說，傑德先生好像答應托亞，如果他能通過測驗，就要拜託庫賽羅先生讓他代替自己去接受考驗。

「你怎麼可以擅自答應他這種事？」

「對不起，我只是希望托亞能通過測驗。」

「不過，如果托亞每砍十次就能成功十次，我早就主動低頭拜託他了。」

如果他那麼優秀，的確會讓人想拜託他。

「但是，他只成功一次而已。」

「別說得這麼難聽，成功就是成功啊。」

「不過，跟魔物戰鬥的時候，你可沒有十次機會。在那之前我就會打倒魔物了。」

「而且既然我方有機會，就表示對方也有同樣多的攻擊機會。」

既然不是回合制的遊戲，就無法一概而論，但如果實力相當，機會就不只屬於自己。面對比自己弱的對手，也許每次都能輪到自己攻擊。如果實力相當，或是對手比較強，也許是對手的攻擊機會比較多。機會一多，危險就會增加。

所以，如果自己有機會攻擊，就必須趁早抓住機會。如果不能趁早抓住機會，不只是自己，也會讓同伴陷入險境。

「我總有一天會讓傑德說出『交給你了』。」

「嗯，我等著那天的到來。」

傑德先生笑著這麼說。

然後，我們登上漫長的階梯，來到考驗之門前。

「終於到了。」

菲娜繼昨天之後，又靠自己的力量爬了上來。

「來，請喝水。」

「優奈姊姊，謝謝妳。」

菲娜大口大口地喝水。

「啊，好好喔。優奈，我也想喝水。」

「我也要。」

「也請給我一點水。」

梅爾小姐、瑟妮雅小姐和露依敏也想喝水，於是我拿出杯子，倒水給她們喝。

「小姑娘，我也要。」

「也給我一杯吧。」

傑德先生與庫賽羅先生也拜託我，於是我幫所有人都準備了水。

短暫休息之後，我們走向考驗之門。

因為時間接近中午，所以現場已經有幾名冒險者與鐵匠了。看來活動順利進入了第二天。這麼一來，我應該已經沒有責任了。

但一如預料，因為其他人不能觀看考驗的過程，所以沒有參觀者。

這也難怪，既然不能參觀，當然也就沒有人會特地爬上那道漫長的階梯了。要不是有熊熊裝備，我絕對不想爬上來。再說，如果沒有熊熊裝備，靠我的體力根本沒辦法爬到這裡。真希望這裡有裝電扶梯、電梯或纜車之類的東西。

「那麼，我去去就回。」

「你可不要一下子就回來了。」

聽到托亞這麼說，傑德先生回應「嗯」，然後跟庫賽羅先生一起走向考驗之門，在櫃檯前排隊。他們正在排隊的時候，身為公會會長的塔洛托巴先生注意到我，莫名嘆了一口氣。然後，他帶著鐵匠與冒險者走進了考驗之門。

他是怎麼了？

然後，終於輪到傑德先生上場，於是他和庫賽羅先生一起走進考驗之門。

「唉，我也好想挑戰喔。」

「如果是見習鐵匠，人家應該願意跟你搭檔吧？」

「那樣的話，不是會讓見習鐵匠誤會嗎？」

「什麼意思？」

「由我來用，就會發揮超越武器的性能吧？那樣對見習鐵匠反而不好。」

「…………」

聽到托亞所說的話，所有人都瞠目結舌。

真不知道他怎麼有辦法說出如此得意忘形的話？

這番話確實很有托亞的風格就是了。不屈不撓或許就是托亞的長處吧。

我正在跟托亞等人閒聊，等待傑德先生與庫賽羅先生的時候，他們回來了。

「傑德，結果怎麼樣？」

「……啊，那個，怎麼說呢？呃，還可以吧。」

他的語氣有點含糊。該不會是不太順利吧？

然後，傑德先生走到我面前，莫名將手放到我的頭上。

他怎麼了？

「庫賽羅大叔，結果到底怎麼樣了？」

「嗯～這次的考驗跟以往不同。每次對手出現，會長就一臉苦惱。」

由於傑德先生沒有回答，托亞於是轉而詢問庫賽羅先生，然而庫賽羅先生也回答得相當含糊。

「總之，我們不能說出考驗的內容。」

「稍微透露一點也沒關係吧。」

「我只能說，那確實是很嚴苛的考驗。」

傑德先生與庫賽羅先生直到最後都沒有明講。

不知為何，他們頻頻朝我這裡瞄過來。

就算我發問，他們也只會別開目光。
這是怎麼回事？真令人好奇。

450 傑德挑戰考驗

我跟隊友們分開，與庫賽羅先生一起走向考驗之門。現場有兩組參加者正在排隊。這個時候，考驗結束的一組參加者正好跟鐵匠公會的會長一起走了出來。

冒險者與鐵匠的臉上掛著不甘心的表情，會長卻嘆了氣，看起來似乎很疲憊。

因為會長每次都要在場監督，所以或許很累吧。真是一份辛苦的工作。

然後，終於輪到我們了。

「下一個是庫賽羅啊。你搭檔的冒險者好像跟去年不一樣呢。」

會長看著我說道。

難道會長能記住所有挑戰考驗的冒險者嗎？

「是啊，那個冒險者好像受傷了，所以我這次是拜託來我這裡訂做劍的人。」

「這樣啊。你們還真是不走運，好好加油吧。」

我和庫賽羅先生跟會長一起通過考驗之門，沿著通道前進，然後走下階梯。我以前曾經挑戰過考驗之門一次，這次與上次沒有什麼差別。

走下階梯之後就會看到魔法陣，把武器插進魔法陣便能開始進行考驗。

「準備好就可以開始了。」

「好的。」

我把庫賽羅先生所做的劍插在魔法陣上。於是魔法陣開始發光，始前方的土壤漸漸隆起。

「傑德，出現了。」

我從魔法陣上拔出劍，擺好架式。

出現的東西是一隻龐大的熊。

熊只是坐在原地，一動也不動。看起來似乎是個單純的擺飾。

「…………」

為什麼是熊？

就算要砍靜止的目標，本來也應該是牆壁或岩石才對。

可是，為什麼是熊？

庫賽羅先生很驚訝，公會會長則嘆了一口氣。

我必須砍壞這個坐在原地、無意反抗的熊嗎？

這隻熊由土構成，只是一個經過魔力硬化的擺飾。我正在接受考驗，必須展示劍的鋒利度和使用者的技術。

所以，我必須砍壞眼前的熊。

我靠近不會動的熊，握緊手上的劍。然後，我舉劍一揮，砍向藉著魔力硬化的熊擺飾。熊的

身體從右肩被砍出一道斜向的痕跡。

熊擺飾因此崩解，第一場考驗結束了。

一股強烈的罪惡感朝我襲來。感覺就像是砍了什麼不該砍的東西。

我的腦中浮現剛才在考驗之門前目送我的優奈，以及優奈的兩隻熊召喚獸。

我努力說服自己，這是考驗。

內心的一點點遲疑都可能造成考驗的失敗。

我恢復平靜以後，下一場考驗開始了。

地面漸漸隆起。出現的對手是好幾隻小熊。

優奈的小熊浮現在我的腦海中。

原本恢復平靜的心又再次掀起波瀾。

冷靜一點。我輕輕吐氣，安撫自己。

「傑德！」

庫賽羅先生喊道。

小熊們開始行動。

看來這次的考驗是要測試我能不能準確砍中移動的目標。

小熊們在我的周圍四處奔跑。

這些小熊的外表很類似優奈那兩隻變小的召喚獸。

我的內心開始動搖。小熊朝我撲過來，但我沒能及時反應。

平常明明能抓住機會攻擊，我卻因為反應慢半拍而失敗。

上次也有類似的考驗，但對手是野狼。

為什麼這次會是熊啊！

我砍向逼近眼前的小熊。

「可惡！」

對手不只一隻。我得砍壞所有的熊才行。

我氣喘吁吁，砍壞了所有的小熊。

我覺得自己好像變成壞人了。感覺就像是被迫做了壞事，有種明知不該做卻還是非做不可的罪惡感。這種感覺動搖了我的內心。

雖然我知道有考驗會測試參加者的心，但應該不會出現在第一場或第二場才對。

如果這也是考驗之一，那還真是惡劣的考驗。

「傑德，你的臉色不太好，沒事吧？」

庫賽羅先生一臉擔心地問道。

「是，我沒事。」

我深呼吸，再次冷靜下來。

這是考驗，跟優奈的熊沒有關係。

第三場考驗的對手是一隻大熊。

又是一個動搖我內心的對手。

感覺就像跟優奈的熊對峙似的。我努力冷靜下來。為什麼考驗會變成這個樣子？搞不好是讀了我的心，所以才會變成熊的模樣。

熊對我發動攻擊。

我一邊躲開熊的攻擊，一邊觀察破綻。

明明正在戰鬥，我的腦中卻浮現優奈那兩隻可愛的熊，甚至聽見牠們發出「咿～」的叫聲。

我搖搖頭，揮別腦中浮現的熊。

現在必須專心對付眼前的熊。

眼前的熊跟優奈的熊沒有關係。

如果連假造的熊都無法對付，萬一遇見凶暴的熊，我就真的砍不下手了。

我狠下心，與熊戰鬥。

我精神疲勞、劍法遲鈍，卻還是勉強通過了第三場考驗。

第四場考驗開始。

土壤漸漸隆起。

拜託，別再出現熊了。

我的願望實現了一半，但也落空了。

第四場考驗的對手是打扮成熊的女孩子。她毫無疑問模擬了優奈的外表。

為什麼優奈會出現在這裡？

也許是我心中對優奈的強大實力暗藏了嫉妒，所以才會催生出這種對手吧。

優奈很強，而且勇於面對任何魔物。

她能打倒我認為自己打不贏的魔物。

或許就是因為如此，優奈才會出現在我面前。

我放下劍，向庫賽羅先生宣告放棄考驗。庫賽羅先生二話不說便回應一句「我知道了」。我把劍插回魔法陣。這麼一來，考驗就結束了。

我好累。

可以的話，我不想再經歷第二次了。

「我記得你叫做傑德吧。你認識那個打扮成熊的女孩子嗎？接受考驗之前，你好像跟她在一起。」

我把劍收回劍鞘以後，公會會長對我這麼說道。

「是的，我認識她。」

從會長的語氣聽來，他似乎也知道優奈這號人物。

「因為認識她，你才會放棄嗎？」

「那也是一個原因，但即使是冒牌貨，我或許還是害怕跟她戰鬥。她很強。如果我認真跟她戰鬥卻輸了，應該會大受打擊吧。」

「我記得你是C級吧。從你的角度來看，那個小姑娘有這麼強嗎？」

聽到會長所說的話，庫賽羅先生也發問了。

「她很強。雖然我並沒有清楚見過她使用武器的樣子，但我知道她的技巧很純熟，而且魔法的造詣也很高。最重要的是，她的心智很堅強。就算是一個大男人，跟魔物戰鬥也會感到害怕。她卻能平靜地應戰，就像是身經百戰的高手。」

我不懂她為何敢一個人去跟黑蝰蛇戰鬥，而且她還能若無其事地對付蠕蟲，甚至打倒巨大毒蠍。如果我是單獨一個人，早就逃走了，根本不會想戰鬥。現在的我是因為身邊有隊友，所以才能戰鬥。我在前線戰鬥的時候，隊友會從後方支援我，或是在危險時出聲提醒。正是因為有這些值得信賴的隊友，我才能跟強大的魔物戰鬥。所以，能夠獨自戰鬥的優奈十分強大。

不過，從她那身熊裝扮看來，實在讓人難以想像她竟然這麼強。

然後，考驗的獎品——鐵出現了。這塊鐵的形狀就像一隻小熊。

既然公會會長知道優奈這號人物，就表示這次的考驗或許跟優奈有關。不過，我不敢詢問這件事究竟跟優奈有什麼關係，於是保持沉默。

我收下鐵製的熊以後，房間開始暗了下來。

「看來今年的考驗到此為止了。」

會長的臉上浮現鬆了一口氣的表情。

「今年怎麼這麼早結束？」

「過去也曾有一天之內結束的紀錄，這種情況偶爾會發生。好了，我們回上面去吧。」

會長輕拍我們的背。

歸來的會長報告考驗結束的消息時，下一位鐵匠露出了不甘心的表情。

恐怕誰也想不到考驗會在第二天結束吧。

我和庫賽羅先生走向正在等待的大家身邊，我便發現優奈正看著我。我沒來由地將手放在優奈的頭上。

451 熊熊領取湯鍋與平底鍋

考驗之門宣告關閉，傑德先生就是最後一位挑戰者。

雖然對其他等待的人很抱歉，但幸好能順利結束……應該算是順利結束吧？

跟傑德先生等人道別後，我帶著菲娜與露依敏去拜訪洛吉納先生。

目的是領取我們訂購的商品。

「跟洛吉納先生領完鍋子之後，我們就要回去了吧。」

「我們已經待了好一陣子，也該回去了。」

我們有使用熊熊電話，定期跟修莉與提露米娜小姐聯絡。

可是，根茲先生好像很擔心，所以我們也差不多該回去了。

而且露依敏並沒有跟家人聯絡。

雖然我也想聯絡露依敏的家人，但精靈村落中持有熊熊電話的人只有露依敏，所以沒有辦法聯絡。

因此，我打算在取貨之後馬上回去。

我們一走進店裡，負責看店的莉莉卡小姐就來迎接我們了。

「妳們來啦，歡迎光臨。」

「洛吉納先生呢？我聽說我們訂做的東西今天就會完成了。」

「已經完成了喔。東西就放在裡面的房間，跟我來吧。」

我們跟著莉莉卡小姐，往深處的房間走去。一走進房間，馬上就能看到裡面堆滿了應該是我們所訂做的湯鍋和平底鍋等廚具。

「這些是優奈的，這些是菲娜的，另外最多的這些是露依敏訂做的東西。可以請妳們清點一下嗎？」

我的最少，菲娜的第二多，露依敏的超級多。

我只買了自家和備用熊熊屋所需的分量。除此之外，雖然我目前還用不到，但因為菲娜替孤兒院買了大型的鍋子，所以我也一起訂做了。

菲娜訂購的是自家用、店家用、孤兒院用。

露依敏因為她的媽媽——塔莉雅小姐在村裡到處接訂單，所以數量最多。

「菲娜，清點完就告訴我吧，我會收到我的道具袋裡。」

我讓白熊玩偶手套開開闔闔。

「好的。」

菲娜與露依敏看著清單，開始檢查。

我也確認了商品。湯鍋和平底鍋，還有其他廚具……我訂的東西大概全都湊齊了。因為我是隨便訂購的，所以不記得。反正我也不急著使用，所以就算多少有點出入也沒關係。

「我的東西沒問題。」

因為我的數量最少，所以馬上就清點完了。

「我的份也沒問題。」

菲娜好像也確認完畢了。

「啊，再等我一下。」

我和菲娜已經確認完畢，露依敏卻因為數量很多，一直確認不完。

「妳慢慢來就好。那麼，優奈和菲娜來確認一下費用，ＯＫ的話就在這裡簽名。」

我和菲娜確認寫著金額的收據，然後簽名。

「菲娜，妳的錢夠嗎？如果不夠，我來出。」

那些廚具是要拿去店裡使用的，由我來付也是合情合理。

「不、不用了，媽媽有給我足夠的錢。」

菲娜從道具袋裡拿錢出來。我也拿錢出來。

莉莉卡小姐確認了我們的錢。

「好，我確實收到了。」

我把自己和菲娜的廚具都收進熊熊箱。

「我也確認好了，沒有問題。」

拿著好幾張清單的露依敏已經確認完畢。然後，她確認價錢，支付貨款。

「露依敏的錢夠嗎？」

她的數量最多，要付的錢也是最多的。

「沒問題。因為大家都準備了比較多的預算，而且人家也有算我們便宜，所以錢還夠。」

「莉莉卡小姐，真的可以算我們這麼便宜嗎？」

「沒關係。我們有確實計算成本，還是有利潤的。頂多是不能幫爸爸買酒而已。」

莉莉卡小姐笑著這麼說，但這對矮人而言難道不是攸關生死的問題嗎？

說到矮人，我就想到酒量很大的形象。我在心中對洛吉納先生默默說了一句「請節哀順變」。

我們付了錢，把廚具收進道具袋以後，洛吉納先生從深處的門中走了出來。

「小姑娘，妳們來啦？」

洛吉納先生打了個呵欠。

「對了，優奈，妳聽我說。爸爸他做完妳們訂做的東西之後，突然又開始鑄劍了呢。」

聽到這番話，不只是我，菲娜與露依敏也都很驚訝。

「這個嘛，我只是看了加札爾和戈德的小刀，又見到小姑娘的戰鬥，所以稍微開始想打鐵了而已。」

洛吉納先生有些害臊地說道。

「這麼說來，你要回去當武器鐵匠了嗎？」

「因為手藝生疏了，沒辦法輕易恢復。不過，我打算繼續做鍋子，同時慢慢打鐵。畢竟我可不希望加札爾和戈德回來的時候，看到我這麼丟人的樣子。」

「爸爸……」

聽到洛吉納先生所說的話，莉莉卡小姐很高興。

「小姑娘，妳們要回王都吧？」

「嗯。」

其實我們沒有要回王都。

我打算回到我在這座城市買的房子，用熊熊傳送門移動到精靈森林，送露依敏回家之後，直接返回克里莫尼亞。

可是，不知道這件事的洛吉納先生以為我要回王都。

「那麼，我有件事想拜託妳。」

洛吉納先生先看了莉莉卡小姐一眼，然後又看著我。

「什麼事？」

「妳能不能帶莉莉卡去加札爾那裡？」

「爸爸！」

洛吉納先生說的話讓莉莉卡小姐這麼大叫。

我也很驚訝，但好像連莉莉卡小姐都是第一次聽說。

「妳別再為加札爾離開的事而猶豫不決了，去見他吧。妳不是喜歡他嗎？」

「…………」

莉莉卡小姐陷入沉默。

莉莉卡小姐確實表現得像是對加札爾先生有好感的樣子，果然是真的喜歡他啊。

「店裡的事不用妳操心。而且如果他甩了妳，妳再回來吧。」

「爸爸……可是，媽媽怎麼說？」

「我已經答應了。」

身為母親的薇歐菈小姐從加札爾先生身後走了出來。

「莉莉卡，妳就去吧。店裡的事有我們兩個就夠了，如果人手不足，再僱人就好。」

「可是……」

「畢竟妳也已經長大了，去做自己想做的事吧。加札爾認識的優奈會來到這裡，肯定是某種緣分。」

「而且這個小姑娘比普通冒險者還要強，我可以放心把妳交給她。畢竟小姑娘也是女孩子，這一點讓我很放心。」

也對，如果是傑德先生他們那樣的男女混合隊伍就算了，把重要的女兒交給男性冒險者照

顧，的確讓人不太放心。

「可是，你們突然這麼說，優奈也會很困擾吧。」

真要說哪裡困擾的話，就是不能用熊熊傳送門這件事。不過，洛吉納先生很照顧我，又是加札爾先生與戈德先生的師父，所以我不想拒絕他。

「我不介意。可是，萬一莉莉卡小姐被甩，那要怎麼辦？」

我知道莉莉卡小姐的心意了，但不知道加札爾先生的心意。加札爾先生搞不好已經有了交往對象，只是我不知道而已。萬一莉莉卡小姐被甩，對我來說是最麻煩的。沒有戀愛經驗的我無法安慰莉莉卡小姐。

「優奈～妳為什麼要這麼說嘛？」

莉莉卡小姐敲打我的身體，但我並不痛。如果事情演變成那個樣子，最困擾的人是我。我從來沒有安慰過失戀的女生。我總不能拜託菲娜做這種事吧。

我瞄了菲娜一眼。她還只是十歲的小女孩，應該沒有戀愛經驗吧？

「這個嘛，到時候雖然麻煩，還是拜託妳帶她回來吧。我會確實支付護衛費的。」

我光是想像自己要陪著沮喪的莉莉卡小姐回來，就覺得很不情願。如果事情變成那樣，用熊熊傳送門帶她回來還比較好。

「嗚嗚，為什麼要說得好像我一定會被甩？你不是要送女兒離家嗎？」

「我知道加札爾很重視妳。不過，我也知道他總是把妳當作妹妹看待。」

「嗚嗚。」

「但他的信裡寫著對妳的擔憂。他現在肯定也把妳看得很重要。再來就看妳的心意了，莉莉卡。」

「爸爸……」

「所以，妳就去吧。」

「爸爸、媽媽，真的可以嗎？」

莉莉卡小姐看著洛吉納先生與薇歐菈小姐。

「路上小心。」

「趁我還沒改變心意，快走吧。」

他們夫妻倆這麼鼓勵自己的女兒。

兩人用充滿父愛與母愛的溫柔眼神望著莉莉卡小姐。

「爸爸、媽媽，謝謝你們。」

莉莉卡小姐擁抱父母。

「好了，妳今天不必工作，去整理行李吧。」

「嗯！」

莉莉卡小姐走出房間。

「小姑娘，不好意思，我女兒要麻煩妳了。」

洛吉納先生對我深深低下頭。

「如果加札爾那傢伙拋棄了莉莉卡，妳就代替我揍他一拳吧。」

「既然如此，也算我一份。」

我從洛吉納先生與薇歐菈小姐那裡得到揍加札爾先生兩拳的權力。可是，如果我用力揍他，後果肯定不堪設想。

話雖如此，如果他要甩掉一個遠道而來的女孩子，沒有這點覺悟可不行。

後來，我們也去幫莉莉卡小姐整理行李了。

「嗚嗚，要帶的東西實在太多了，但在王都買又很花錢。而且，萬一加札爾已經有女朋友，那就白花了。」

「行李的話，可以用我的道具袋來運送。所以，妳不用擔心被加札爾先生甩掉的事。」

「優奈，這種時候應該說我不會被甩掉，所以別擔心吧。」

就算如此，我也不知道加札爾先生的心意，所以不能說些不負責任的話。

莉莉卡小姐以衣服為主，整理要帶的東西。我把她的行李一一收進熊熊箱。

「妳真的不用跟親朋好友轉告妳要去王都的事嗎？如果有需要，其實可以晚點再出發。」

「那樣一來，萬一我被加札爾甩掉，就沒有臉回來了吧。所以，如果我要留在王都，會再寫信回來的。」

的確，如果說自己要去王都找男人，結果卻因為被甩而回來，大概會丟臉得無法繼續待在這座城市吧。

說來說去，莉莉卡小姐好像還是會感到不安。

然後，莉莉卡小姐作好出發的準備後，邀請我們一起吃晚餐，但如果莉莉卡小姐要定居在王都，他們就沒有機會一家人單獨吃飯了。

最重要的是，我不想佔據他們一家人寶貴的談話時間，所以婉拒了這個邀約。

我們跟莉莉卡小姐約好明天早上在旅館會合，然後回到旅館。

順帶一提，我也已經婉拒前往王都的護衛費。

理由是我收到了鐵製的熊。來自考驗之門的鐵原本都是屬於鐵匠的，我卻收下了它。兩者相抵之下，我也已經收到太多回報了。

所以，我決定不收護衛費。

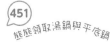

452 熊熊回到精靈村落

隔天，莉莉卡小姐一大早就來到了旅館。因為行李都已經裝在我的熊熊箱裡，所以她只帶了一個小包包，穿得很輕便。

「莉莉卡小姐，妳來得真早。」

「因為爸爸一直說『如果妳被甩了，就要馬上回來』，或是『如果妳被甩了，我再幫妳找個好男人』之類的話，真的很煩。」

「這就表示他很擔心妳啊。」

「虧我昨天還覺得他很帥。」

這個嘛，過了一晚，果然還是會感到寂寞吧。可見他有多麼疼愛自己的女兒。某些父母跟孩子之間根本無話可說。想到這裡，我就覺得這也算好事一樁。不過，總是離不開女兒的爸爸也很令人傷腦筋就是了。

莉莉卡小姐來了以後，我們也開始準備出發。

「大家都沒有忘記東西吧？」

「沒有。」

「我也沒有。」

我們走出住了一星期左右的房間，下到一樓，便看到傑德先生等人的身影。

他們好像是來替我們送行的。

傑德先生等人為了托亞的劍，還要在這座城市繼續待一陣子。

「小姑娘，這次受妳照顧了。也幫我跟那兩隻熊問好吧。」

「牠們很愛吃你送的蜂蜜喔。」

「這樣啊。」

托亞有點高興。

「嗚嗚，如果我也能騎熊緩和熊急就好了。」

「呵呵，我有騎到喔。牠們真的很柔軟。」

聽到梅爾小姐說的話，瑟妮雅小姐露出得意的表情。

「話說回來，原來洛吉納先生有這麼可愛的女兒呀。」

「而且還是加札爾先生的女朋友。」

被說成女朋友，莉莉卡小姐顯得很害羞，但沒有否認。

「原來各位都知道加札爾是誰呀。」

「因為他在王都是相當有名的鐵匠嘛。冒險者之中，有很多人都知道他這號人物。」

聽到加札爾先生得到讚美，莉莉卡小姐露出高興的表情。

「如果莉莉卡小姐要去王都，我們就能在王都見面了。」

「那個……就是呀。到時候還請多多關照。」

不過，前提是莉莉卡小姐要定居在王都。她也有可能再回到這裡來。

「嗚嗚，可是優奈，妳要先回去了。」

「我本來想騎著熊緩和熊急回去的。」

梅爾小姐與瑟妮雅小姐一臉遺憾。

很可惜，就算我們要一起回去，熊緩與熊急也載不了那麼多人。沒有多餘的空間讓梅爾小姐與瑟妮雅小姐搭乘。

「我們可以丟下托亞，自己跟優奈回去。」

「好主意！」

「好妳個頭啦！」

托亞大罵梅爾小姐與瑟妮雅小姐。

「梅爾和瑟妮雅都適可而止吧。優奈，這次托亞受了妳不少照顧。我們下次會再去克里莫尼亞拜訪的。」

「嗯，到時候我們請妳吃飯。托亞出錢。」

「為什麼是我出錢？」

「因為你欠優奈最多人情。」

「嗚嗚。」

托亞無法反駁梅爾小姐所說的話，於是發出呻吟。

「那麼，我們要走了。」

「優奈、菲娜、露依敏、莉莉卡，下次見嘍。」

我們跟傑德先生等人道別，離開了城市。

「呃，我們真的要騎熊熊去嗎？」

莉莉卡小姐這麼問道。

「是啊，因為馬車很慢。」

雖然還有開熊巴士的方法，但會需要魔力，而且要開車實在太麻煩了。騎著熊緩與熊急，就算在牠們背上睡覺也能繼續前進。

而且熊巴士無法通過精靈森林。

稍微遠離城市以後，我召喚出熊緩與熊急。

「召喚獸真的很不可思議呢，竟然能從什麼都沒有的地方突然出現。」

「好了，那麼，一開始由我和菲娜騎熊緩，露依敏和莉莉卡小姐騎熊急。」

「一開始？」

聽到我說的話，莉莉卡小姐歪起頭問道。

「我們要在途中交換。如果不這麼做，熊急會鬧彆扭的。」

「因為熊緩和熊急非常喜歡優奈姊姊，所以如果只騎其中一隻，另外一隻就會鬧彆扭。」

對於我說的話，菲娜這麼補充說明。

「熊會鬧彆扭……真可愛。」

莉莉卡小姐靠近熊急。

「雖然我不是優奈，但拜託你了。」

「咿～」

熊急叫了一聲，然後坐下來，方便莉莉卡小姐騎上去。

「謝謝你。」

「啊，我也要上去。」

莉莉卡小姐騎到熊急背上，露依敏則坐在後方。我和菲娜也騎上熊緩，朝精靈村落——露依敏的家出發。

載著我們的熊緩與熊急開始奔跑。

「莉莉卡小姐，我要加速了，妳會怕的話要告訴我喔。」

「嗯，我知道了。」

我加快速度，莉莉卡小姐便抓緊熊急，以免掉下去。

「妳不必那麼用力。就算放鬆坐著也不會掉下去的。」

「嗯。」

莉莉卡小姐放鬆身體，坐在熊急背上。

載著我們的熊緩與熊急在幹道上奔跑，然後中途橫跨草原，跑進森林。牠們在森林中也不會迷路。

「優奈小姐，為什麼牠們不會迷路呢？」

「因為熊緩和熊急還記得路啊。」

熊緩與熊急可以記得曾經走過的路。所以即使不下指示，牠們也能帶我前往目的地。

就算去程時是靠著露依敏的模糊記憶慢慢前進，熊緩與熊急也能毫不猶豫地沿著原路返回。

載著我們的熊緩與熊急通過深山的橋。這是我在去程時做的橋。

「我們已經回到這裡了呢。」

去程與回程的速度可不同。既然已經知道路線，速度就很快。

我們原本花費了兩天一夜，這次卻在傍晚就抵達精靈村落附近了。只要繼續前進，就能在今天之內抵達。只不過，森林中很陰暗。雖然使用熊熊之光就能繼續前進，但我們沒有必要趕在今天之內抵達精靈村落。況且在半夜拜訪村落的話，會給村民添麻煩。

「那麼，今天就在這附近露宿，明天早上再去村裡吧。」

「已經快到村裡了耶。」

「半夜回去會給人家添麻煩。既然這樣，早上再回村裡比較好吧。」

「爸爸和媽媽不會介意的。」

「我不想要那樣。露依敏，妳要一個人回去嗎？」

在這裡道別的話，她就得一個人走在黑漆漆的森林裡。而且如果沒有熊緩與熊急陪同，她有可能會迷路。即使是熟悉的路線，在黑暗中還是有可能迷路。

「優奈小姐，妳太壞心了。」

就算露依敏這麼說，我也沒有厚臉皮到可以在三更半夜拜訪別人的家。一旦去拜訪，就要借宿一晚。即使不借用房間，既然要用到熊熊屋，那也跟露宿野外沒有兩樣。與其進行麻煩的溝通，我寧可在這裡過一晚。重點是，住在熊熊屋比較能好好睡一覺。

「嗚嗚，那好吧。」

「所以，我們要在這裡露宿嗎？」

莉莉卡小姐環顧四周。

這裡是森林中，相當陰暗，或許會有野獸靠近。

「不會很危險嗎？」

「我會拿房子出來，別擔心。」

「房子？」

我看看周圍，移動到稍微寬敞的地方，然後從熊熊箱裡取出熊熊屋。

莉莉卡小姐很驚訝，而我帶著她走進屋內。她對我準備晚餐的事很驚訝、對屋裡有浴室的事很驚訝、對我們可以睡在溫暖被窩裡的事也很驚訝。

然後，莉莉卡小姐說了一句話：「這跟我以為的露宿不一樣。」

隔天早上，我們朝精靈村落出發。

因為我們已經來到村落附近，所以馬上就抵達了。

「我可以先去找穆穆祿德先生嗎？」

「我也要去報告我回來的消息，沒問題。」

「穆穆祿德先生是誰？」

不知道穆穆祿德先生是誰的莉莉卡小姐這麼問道。

「他是我的爺爺，也是村落的長老。」

「原來是這樣呀。」

抵達村落入口以後，我召回熊緩與熊急。如果保持召喚的狀態，孩子們就會圍過來。

可是——

「熊姊姊來了～」

太奇怪了。熊緩與熊急明明不在，我卻還是被孩子們圍起來了。

「小朋友，你們離優奈小姐遠一點。」

「咦～」

「爺爺……不對，長老不是說過了嗎？就算優奈小姐來拜訪，也不可以給她添麻煩。」

「嗚嗚。」

孩子們露出難過的表情。

如果是大人，我就會把對方揍飛，但我可不能對小孩子那麼做。

「那麼，我們一起走到穆穆祿德先生家吧。」

雖然只是短短的距離，但孩子們聽到我這麼說都很高興。

「嗚嗚，優奈小姐，對不起。」

「優奈真受歡迎呢。」

莉莉卡小姐看著被孩子們圍繞的我。

「嗯，因為我穿成這個樣子嘛。」

孩子們遵守約定，一到穆穆祿德先生家就離開我身邊。

露依敏一邊呼喊，一邊走進家中。我們也跟在她後面。

「小姑娘，露依敏給妳添麻煩了。」

穆穆祿德先生有些不好意思地說道。

「爺爺，這又不是我的錯，是媽媽的錯。」

「這麼說也對。」

「對了，那位矮人姑娘是誰呢？」

穆穆祿德先生看著莉莉卡小姐。

「我是莉莉卡。因為我要去王都，所以就跟優奈一起來了。」

莉莉卡小姐這麼打招呼。

好了，接下來才是正題。

「穆穆祿德先生，我有件事想拜託你。」

「拜託我？」

「你可以讓我們移動到王都嗎？」

「優奈？」

莉莉卡小姐對我說的話感到疑惑。

其實我昨天晚上有用熊熊傳送門，偷偷來到穆穆祿德先生家。那個時候，我拜託他一件事。

雖然我想使用熊熊傳送門前往王都，但又不想讓莉莉卡小姐知道熊熊傳送門的事。所以，我拜託身為精靈長老的穆穆祿德先生，請他假裝用自己的力量讓我們移動到王都。

穆穆祿德先生爽快地答應了我的請求。

順帶一提，我已經跟菲娜與露依敏說明過了，她們也會配合我的說法。

「其實精靈村落的長老——穆穆祿德先生具備了神奇的力量，可以瞬間讓我們移動到王都

喔。」

「咦，真的辦得到那種事嗎？」

莉莉卡小姐露出驚訝的表情。聽說可以瞬間抵達王都，也難怪她會驚訝。

「穆穆祿德先生，可以拜託你嗎？」

「既然是拯救村落的小姑娘拜託我的事，我就不能拒絕。只不過，這也是我們精靈的祕密。熊姑娘妳們已經知道了，但不能給另外那位小姑娘看見。我必須請妳蒙住眼睛，可以嗎？」

穆穆祿德先生按照劇本演出。因為我不希望熊熊傳送門被看見，所以要先請莉莉卡小姐蒙住眼睛再使用。

「呃，意思是我可以馬上見到加札爾嗎？我還沒有作好心理準備耶。」

因為事出突然，莉莉卡小姐不知所措。她以為還要再過一段時間才會抵達王都，所以開始慌了。

普通人應該會懷疑移動方式，莉莉卡小姐卻不疑有他。

「那麼，可以現在就動身嗎？」

「嗯，拜託你了。」

「等一下，我的心理準備……」

「妳離家的時候就作好心理準備了吧。」

「可是，可是……」

我從來沒有打從心底愛上過誰，所以不太明白，但她似乎很害怕被甩。

不過，我沒有好心到願意等待莉莉卡小姐作好心理準備。

「穆穆祿德先生，拜託你了。」

「那麼，請跟我到那邊的房間。」

我帶著吵吵鬧鬧的莉莉卡小姐，移動到另一個房間。

「這裡是？」

一走進房間，我們便看到地上畫著穆穆祿德先生事先準備好的魔法陣。

我沒想到穆穆祿德先生竟然還準備了這種東西。

「那麼，可以請妳蒙住眼睛了嗎？」

我拿出一塊布，交給莉莉卡小姐。

「等一下啦。」

「那麼，我數到十。一、二、三……」

「太短了，太短了！」

「五、六、七……」

「菲娜呢？」

「菲娜也知道這件事。九、十……好了，把眼睛蒙起來。」

我再次遞出手上的布。

莉莉卡小姐盯著這塊布，深呼吸後把布拿起來。接著，她轉頭望向穆穆祿德先生。

「我們真的可以馬上到王都嗎？」

「可以，我保證。」

「那麼，麻煩你了。」

莉莉卡小姐下定決心，對穆穆祿德先生低下頭。

「莉莉卡小姐，祝妳一切順利。妳這麼可愛，一定沒問題的。」

「露依敏，謝謝妳。」

露依敏先看著莉莉卡小姐，然後再看著菲娜。

「菲娜，我還有很多地方想帶妳去逛，妳下次要來玩喔。」

「好的，我會來玩的。」

大家各自向彼此道別。

然後，莉莉卡小姐用手上的布蒙住自己的眼睛。

我在她眼前揮揮手，但她沒有反應。她確實看不見。確定她看不見之後，我拿出了熊熊傳送門。

「那麼，我要開始了。」

穆穆祿德先生開始唸起類似咒語的句子。

我打開熊熊傳送門，說道：「我們要走一小段路，妳要握著我的手喔。」

「嗯。」

莉莉卡小姐握住我的手，緩緩走進熊熊傳送門。

453 熊熊成為熊熊邱比特

我牽著莉莉卡小姐的手走了一小段路，穿越熊熊傳送門，移動到王都的熊熊屋。菲娜跟在我們後面。

露依敏正在對我們揮手。

我為了藏起熊熊傳送門，放開了莉莉卡小姐的手。

「優奈？」

她的聲音聽起來很不安。

「等我一下。」

我關上熊熊傳送門，收進熊熊箱。

「妳可以把布拿下來了。」

我這麼一說，莉莉卡小姐便把布拿了下來。

「這裡是？」

「這裡是我在王都的家。」

「妳在王都的家？這麼說來，這裡真的是王都嗎？」

莉莉卡小姐在房間裡左顧右盼。屋裡的擺設跟剛才的穆穆祿德先生家不同，但她好像還沒有什麼真實感。

「走到屋外就看得出來了。」

我們走出熊熊屋。然後，稍微移動視線，就能看到高聳的城堡。

「城堡……這麼說來，這裡真的是有加札爾在的王都？」

「這種瞬間移動的事情不可以對任何人說喔，不然會給穆穆祿德先生添麻煩的。對加札爾先生和洛吉納先生也不能說喔。」

「我當然不會跟別人說了。」

莉莉卡小姐答應我，然後用好奇的表情轉了一圈，觀看周圍的街景。這麼一來，有個東西一定會進入她的視野。

「熊？」

莉莉卡小姐的目光停在熊熊屋的前面。

「優奈，妳真的很喜歡熊呢。」

如果在這個時候否認，熊緩與熊急應該會很想哭，所以我無法否認。而且，我並不討厭熊。熊已經變成我生活中的一部分了。再說，事到如今也沒有必要否認。

不過，要我說出口就太令人害臊了，所以我不置可否，決定逃避。

「好了，我的事不重要，我們快去找加札爾先生吧。」

「嗯。」

我們往加札爾先生的店面出發。

都到了這裡，我想莉莉卡小姐應該不會逃走，但我還是請菲娜牽著她的手。她總不會甩開菲娜的手逃走吧。

除此之外，另一個目的是防止她太專心看風景而不小心迷路。

然後，當我一如往常地走在王都的街上，路人便紛紛望著我，說出「熊」這個字。

「優奈，我可以問妳一個問題嗎？」

「什麼問題？」

我知道這個問題的意圖，但還是試著反問。

「王都沒有其他人穿得像妳一樣嗎？」

「…………」

看到我閉口不言，莉莉卡小姐轉頭望向菲娜。

「呃，沒有。」

菲娜難以啟齒似的回答。

「是喔。我還以為王都或許有其他人也穿得跟優奈一樣，原來沒有呀。不過，被這麼多人盯著看，感覺好害羞喔。」

我早就已經拋棄羞恥心了。真要形容的話，說是「放棄」或許比較貼切。如果只是被陌生人遠觀，我會視而不見，萬一有人來找碴才會處理。

「菲娜不介意嗎？」

「我已經習慣了。而且，優奈姊姊的熊熊衣服很可愛。」

「這個嘛，確實是很可愛啦。」

不論如何，我們在路人的注視之下朝加札爾先生的打鐵舖前進。

「加札爾就在這裡嗎？」

我們站在加札爾先生的店門口。

「對啊。好了，我們進去吧。」

我打開門，朝店內喊道：

「加札爾先生～」

「優、優奈！」

因為我突然呼喊加札爾先生的名字，莉莉卡小姐慌了起來。

「我不叫他，他怎麼會過來？」

「我的心理準備還沒……」

「妳決定來王都的時候就作好心理準備了吧？」

而且這段對話，我們通過熊熊傳送門的時候就說過了。我實在懶得重複好幾次。

「可是……」

「是誰？」

加札爾先生的聲音從店內傳來，漸漸靠近我們。聽到聲音的同時，莉莉卡小姐作勢逃走。不過，菲娜緊抓住莉莉卡小姐的手，不讓她逃跑。

「莉莉卡姊姊，妳要去哪裡？」

「菲娜，拜託，放過我吧。」

「不行。」

聽到加札爾先生的聲音，莉莉卡小姐試圖逃走，卻被菲娜抓著不放。我拜託菲娜監視莉莉卡小姐是正確的選擇。

「怎麼，是熊姑娘啊。今天有什麼事嗎？」

「有個人想見加札爾先生，所以我帶她來了。」

「見我嗎？」

「菲娜，拜託妳放開我。」

「這個聲音是？」

加札爾先生從店裡走出來，見到試圖逃跑的莉莉卡小姐和抓著她的菲娜。

「莉莉卡？」

「加札爾！」

「妳怎麼會在這裡？」

「她是來見你的。」

我代替正想逃跑的莉莉卡小姐回答。

「呃，因為我……擔心你嘛，只有一點點喔。而且優奈說要回來王都，所以我只是跟她一起來而已。」

呃，她是傲嬌嗎？

都到這裡了，她還是這種反應？好麻煩。

動畫或漫畫裡的傲嬌看起來很可愛，但在現實中見到的話，根本就只是一個難搞的女生。

傲嬌只能存在於二次元世界呢。

「所以，妳就特地跑到王都來了嗎？」

「我不能來嗎？」

「也不是不能來啦。」

加札爾先生露出有點困擾的表情。

「誰教你都不回路德尼克。你偶爾也該回去看看吧。」

「抱歉，我的工作很忙。」

這是男人很常說的台詞呢。

可是再這樣下去，事情完全不會有進展。

「莉莉卡小姐。」

我用眼神催促她繼續說下去。

「我、我知道啦。」

莉莉卡小姐稍微深呼吸，走向加札爾先生。

「你一個人經營這家店嗎？」

「是啊。」

「你沒有想要僱用別人嗎？」

「目前沒有那個打算。」

啊，真是麻煩死了。

「加札爾先生，莉莉卡小姐說她不能回去，所以希望你能讓她在這裡工作。」

「優奈！」

因為事情一直沒有進展，所以我從後面推了莉莉卡小姐一把。

「那是什麼意思？」

「簡單來說，莉莉卡小姐是想要見到加札爾先生才會特地過來。我說到這裡，你就懂了吧。」

雖然我沒有直接說她是來找老公的，但說到這裡，他應該懂了吧？

「莉莉卡……」

「不行嗎？」

「這……」

咻咻，右直拳。

「還是說，你覺得我很礙事？」

咻咻，上鉤拳。

「這……」

咻咻，咻。左、左、右。先輕輕使出刺拳，再使出右直拳。

「不行嗎？」

咻咻，咻咻。左、右、左、右。

「在那之前，我可以問一個問題嗎？」

「什麼問題？」

咻咻，咻咻。

「不，我不是問妳。為什麼小姑娘要在莉莉卡後面揮拳？」

「別放在心上。為了應對加札爾先生甩掉莉莉卡小姐的情況，我只是在練習揍人。」

咻咻，直拳。

我的熊熊直拳劃開空氣。

感覺很不錯，應該能揍得很爽快。

「為什麼要揍人？」

「我已經取得洛吉納先生的許可了。」

「師父的許可？」

「他說如果你甩掉他女兒，要我揍你一拳。而且薇歐菈小姐也有拜託我，所以是兩拳。要是再加上我的份，那就是三拳了。」

咻咻，咻咻。

「爸爸媽媽什麼時候那麼說了？」

我就像是在毆打假想敵一樣，不斷用熊熊玩偶手套快速揮拳。每次揮拳，熊熊玩偶手套就會劃開空氣。

「等等，那也太奇怪了吧。為什麼連小姑娘都有份？」

「這個嘛，因為我帶莉莉卡小姐來這裡也費了一番工夫啊。」

實際上我只是騎著熊緩與熊急，使用熊熊傳送門回到這裡而已。過程花費了兩天一夜。不過，加札爾先生不知道這件事。

可是，考慮到他甩掉莉莉卡小姐的後果，我應該可以揍他一拳。

我一定會覺得很尷尬，又得想辦法安慰莉莉卡小姐。

一想到這裡，我就覺得只揍一拳根本不夠。

「小姑娘，妳知道這種行為叫做恐嚇嗎？」

「既然你覺得這是恐嚇，就表示你是那個意思嗎？」

我使勁揮出熊熊直拳，發出劃開空氣的聲音。

加札爾先生搔搔頭，陷入沉思。

「莉莉卡，妳真的想留下來嗎？如果要在這裡工作，就表示妳不能再常常見到師父了。」

「嗯，只要能跟加札爾在一起就好。」

莉莉卡小姐毫不猶豫，立刻答道。

「……那好吧。」

加札爾先生的這句話讓莉莉卡小姐綻放笑容。

看來我的拳頭沒有機會出場了。

「加札爾先生。」

「怎麼了？」

「我還有一句話要轉告。洛吉納先生叫你回去一趟，最晚也要在生小孩之前。」

「爸、爸爸！」

莉莉卡小姐害羞地大叫。

「加札爾，那是爸爸的玩笑話啦，真的是開玩笑。」

莉莉卡小姐滿臉通紅，這麼否認。

「也對，我是該回去一趟。」

「……加札爾。」

莉莉卡小姐露出高興的表情。

看來事情圓滿落幕了。

雖然我也想聊聊洛吉納先生和考驗之門的事，但現在就讓他們倆獨處吧。

我從熊熊箱裡取出莉莉卡小姐交給我保管的行李，準備踏上歸途。

「優奈，謝謝妳。」

「是啊，還有什麼事就來找我吧。包含這次的事在內，我想答謝妳。」

「到時候就麻煩你們了。」

我跟菲娜一起離開了打鐵舖。

「莉莉卡小姐好像很高興，真是太好了。」

菲娜就像是自己遇到好事似的，一臉高興。

幸好她沒有被甩。即使是熊熊的外掛裝備，也不具備安慰女生的功能。

「是啊，希望他們能順利發展到結婚。」

「嗯。」

如果他們結婚了，我要好好祝賀他們。

為了那一天，我得想些點子才行。

「優奈姊姊，我們接下來要做什麼？」

「我得送妳回家，所以要先回克里莫尼亞一趟。」

我不能讓菲娜在外地待太久。

我回到熊熊屋，重新設置為了不被莉莉卡小姐看到而收起來的熊熊傳送門。然後，我打開熊熊傳送門，移動到克里莫尼亞。

「雖然只有十天，但因為發生了很多事，感覺好像過了很久。」

菲娜在精靈村落認識了露依敏，然後又與傑德先生等人重逢。我們在矮人之城認識洛吉納先生與莉莉卡小姐，然後探索了那座城市。她還陪著我去考驗之門參觀，並見證托亞訂做祕銀之劍的過程。對她來說，這十天過得相當充實。

我想暫時過一段悠閒的日子。

不過，我還得向穆穆祿德先生詢問關於熊礦的事，所以必須再去精靈村落一趟。

況且，熊熊傳送門還放在穆穆祿德先生的房間裡呢。

454 熊熊回到克里莫尼亞

我和菲娜從王都的熊熊屋回到克里莫尼亞。

「那麼，我們去孤兒院吧。」

「好！」

昨天，我用熊熊電話向修莉與堤露米娜小姐傳達我們要回去的事，她們便說自己整個上午都會待在孤兒院，於是我和菲娜向孤兒院前進。

來到孤兒院附近，馬上就能看到孩子們正在開心玩耍的模樣。其中也有修莉的身影，她注意到我們了。

「姊姊！」

修莉朝菲娜跑過來，菲娜則抱住奔向自己的修莉。

「我回來了。」

我也被孩子們包圍。

我向修莉與孩子們詢問堤露米娜小姐在什麼地方。

孩子們告訴我，堤露米娜小姐正在跟院長說話。

我領著孩子們走進孤兒院中，前往堤露米娜小姐與院長所在的地方。

屋內有院長、堤露米娜小姐與年幼的孩子們。年幼的孩子們抱著熊緩與熊急的布偶。院長曾經說過，多虧有熊熊布偶，孩子們比較不會哭了。幸好真的有派上用場。

「堤露米娜小姐，我回來了。」

「媽媽，我回來了。」

菲娜奔向堤露米娜小姐身邊。

「歡迎回來。優奈，菲娜沒有給妳添麻煩吧？」

堤露米娜小姐摸著女兒的頭，這麼問道。

「她還是一樣很乖巧喔。」

「媽媽，我才不會給人家添麻煩呢。」

「我知道呀。不過，妳有時候會因為不想給人家添麻煩，把什麼事情都攬到自己身上。妳這個樣子，有時候會讓對方擔心，或是覺得很不安喔。」

「……媽媽。」

「不過，那也是因為我以前太依賴妳了。」

菲娜過去為了生病的母親與妹妹，總是獨自努力，或許很不懂得依賴別人吧。

「就是嘛。我上次想背她，她還拒絕了呢。」

「優、優奈姊姊！」

「哎呀，這個話題好像很有趣呢。」

我簡單聊起去矮人之城時發生的事，例如菲娜在精靈村落跟一個叫做露依敏的女孩子成為朋友、遇到來過克里莫尼亞的冒險者、認識戈德先生的師父、得知鐵匠的考驗，還有我想背著菲娜爬上漫長的階梯卻被她拒絕的事。

堤露米娜小姐聽得興味盎然，修莉則聽得一臉羨慕。

「還有，這是妳託菲娜買的廚具。」

我從熊熊箱裡取出要在孤兒院使用的廚具。

「優奈，謝謝妳。」

堤露米娜小姐開始清點廚具。

「那些該不會是要在孤兒院使用的東西吧？」

院長看著廚具說道。

「是的，因為孤兒院的廚具都很舊，要是用到一半壞掉就糟糕了，所以我拜託要跟優奈一起去矮人之城的菲娜幫忙買。」

持續使用老舊的廚具會有危險，同時使用好幾個小鍋子也很辛苦。

而且萬一握把在拿著湯鍋或平底鍋的時候脫落，裡面裝的東西就有可能燙傷人。

不方便或是可能有危險的事情就要盡量避免。

「年紀大了，就會捨不得丟東西嘛。」

院長很愛惜物品，不太會主動要求什麼東西。

所以，我曾交代堤露米娜小姐，如果孤兒院需要什麼東西，可以直接用賣蛋所得的錢購買。

這次的鍋子等廚具就是其中之一。

「堤露米娜小姐，謝謝妳。」

「幫忙買的人是我女兒和優奈呀。」

「菲娜、優奈小姐，謝謝妳們。這麼一來，我們就能放心煮飯了。」

「我只是幫忙買媽媽交代的東西而已。」

「菲娜告訴我之前，我也沒有想到這個問題，所以請向堤露米娜小姐道謝吧。」

「呵呵，結果又回到堤露米娜小姐這裡了呢。」

院長露出微笑。

「謝謝妳們三位。」

院長對我們所有人道謝。

「院長，除了廚具以外，如果還有什麼不方便的事，請告訴我。」

後來，莉滋小姐與妮芙小姐也來到這裡，一看見鍋子等廚具便高興得不得了。

接著，我跟堤露米娜小姐、菲娜和修莉一起前往安絲的店。

「為了熬煮大量的湯，店裡正好很缺大型的鍋子呢。我也很高興能收到新的平底鍋和菜刀。優奈小姐，謝謝妳。」

安絲高興地看著我們買來的大型鍋子與菜刀。

「要謝就謝堤露米娜小姐吧。」

「堤露米娜小姐，謝謝妳。」

「因為大家以前就說過想要了嘛。」

繼院長以後，安絲也很高興，真是太好了。我很慶幸自己有買這些東西。

這也要感謝堤露米娜小姐與菲娜。

離開安絲的店以後，我們接著前往莫琳小姐的店。

我們在莫琳小姐的店裡留下了洋芋片或薯條等炸物所需的鍋子與其他零星的廚具。

「真是幫了大忙。優奈、堤露米娜小姐，謝謝妳們。」

「如果還需要其他東西，請儘管說。」

「謝謝，到時候我會拜託妳們的。」

離開「熊熊的休憩小店」以後，我最後前往的是堤露米娜小姐的家。然後，我從熊熊箱裡取出要在堤露米娜小姐家使用的廚具。

「我使用多年的廚具已經受損，這麼一來就能放心煮飯了。菲娜總說丟掉很浪費，不讓我買新的呢。」

「因為那些都是我們一直用到現在的東西呀。」

菲娜的想法也跟院長一樣。

「可是，舊鍋子的握把可能會鬆掉，用起來很危險，而且修理也有極限嘛。」

節儉確實很像是菲娜的作風。就算經濟狀況變好了，她還是不會胡亂買東西。

我從以前到現在都是想要什麼就買什麼。我應該稍微向菲娜學習才行。

不過，回顧我來到異世界之後的行為，這種個性應該無法輕易改變。

畢竟錢就是要拿來用，才能活絡經濟嘛——我這麼替自己找藉口。

順帶一提，我原本想把巨型野豬的紅角送給堤露米娜小姐當作禮物，但她拒絕了。

「我們家可不會拿這種昂貴的角來當裝飾。我比較想要收到食物呢。」

她這麼說，所以我答應下次帶巨型野豬的肉來。當然了，肢解的工作是由菲娜負責。修莉也說：「我要做～」所以我決定下次拜託她們倆。

把所有的湯鍋與平底鍋都送達以後，我一個人前往戈德先生的打鐵舖。

「哎呀，優奈，歡迎光臨。今天有什麼事嗎？」

正在看店的戈德先生的太太——妮爾特小姐出來迎接我了。

「我從路德尼克城回來了。這是洛吉納先生寫的信。」

「戈德！戈德！」
妮爾特小姐朝深處喊道。
「怎麼了？好吵。」
「優奈從路德尼克帶了洛吉納叔叔的信回來呢。」
戈德先生露出驚訝的表情。
妮爾特小姐把信交給戈德先生。接過信的戈德先生打開信封，開始閱讀。
戈德先生的表情漸漸轉變，開始吸起鼻涕。
「這樣啊。小姑娘，謝謝妳。信上說妳把我做的小刀拿給師父看了。」
「戈德，上面寫了什麼？」
「師父說雖然還有進步空間，卻是一把很不錯的小刀。」
「真是太好了。」
然後，我提起莉莉卡小姐與加札爾先生的事。
「這樣啊，原來莉莉卡在王都。改天去王都一趟好了。」
「就是呀，我也很想見莉莉卡和加札爾。」
王都與路德尼克城不同，相對比較容易到達。
夫妻倆高興地聊起了他們四個人在一起時的回憶。
我想要靜靜地離開，以免打擾他們。

不過，他們倆發現我了。

「小姑娘，謝謝妳。」

「我們下次會答謝妳的，一定要來喔。」

我說「嗯，到時候麻煩你們了」，然後離開打鐵鋪。

做了好事之後，我覺得心情特別好。

我回到熊熊屋。

老實說，我很想直接撲到床上，享受悠閒的時光。但我把熊熊傳送門放在穆穆祿德先生家了，所以還得去回收。

而且我也得問問關於熊礦的事。

455 熊熊裝備熊礦

我使用熊熊傳送門，回到穆穆祿德先生家。

放著傳送門的房間空無一人。這也難怪，因為我去了王都，把莉莉卡小姐送到加札爾先生那裡，又到克里莫尼亞拜訪了孤兒院、「熊熊的休憩小店」、「熊熊食堂」、菲娜的家以及戈德先生的打鐵舖，所以過了很長一段時間。

我收起熊熊傳送門，前往穆穆祿德先生平常所待的房間。

「小姑娘，妳回來啦？」

我看到穆穆祿德先生拿著杯子，正在喝茶。

「穆穆祿德先生，謝謝你，你幫了大忙。不過，我沒想到你還準備了魔法陣。」

「昨天晚上聽說妳的請求，我才準備的。」

穆穆祿德先生微微露出笑容。

不過，也是多虧他這麼做，莉莉卡小姐才對穆穆祿德先生可以把人傳送到王都的事深信不疑。畢竟，比起我這個穿著熊熊布偶裝的人，說是精靈的神奇力量還比較有說服力。

「露依敏不在嗎？」

房間裡只有穆穆祿德先生一個人。

「露依敏去把買來的東西發放給村民了。」

這樣啊。

等一下去見見露依敏好了。不過在那之前，我有事情要問穆穆祿德先生。

「對了，我有個東西想請穆穆祿德先生看一下。」

我取出兩個圓形礦石——熊礦，拿給穆穆祿德先生看。穆穆祿德先生接過熊礦，拿起來確認。

「這是精靈石？而且還是白色？」

正如洛吉納先生所說，這好像真的是精靈石。

可是，它的名稱叫做熊礦耶。

「妳是從哪裡取得這個的？」

「我碰巧取得這個東西，問過其他人之後，對方說精靈比較清楚。」

「關於精靈石的事，確實是我們精靈比較熟悉。」

「所以這是可以強化持有者的石頭嗎？」

這類型的東西可以說是遊戲中的常見裝備。

「精靈石有屬性之分，擅長風魔法的人持有風之精靈石，擅長火魔法的人持有火之精靈石，就能發揮效果。所以，如果持有的精靈石不適合自己，那就失去意義了。像我們這種擅長風魔法的人就算持有火之精靈石也沒有效果。」

的確，遊戲中的裝備也有契合度的區別，有些裝備可以用，有些不行。

「不過，這是白色的。」

對了，第一眼看到的時候，他也對精靈石的顏色感到驚訝。

「白色很稀奇嗎？」

白色是什麼屬性呢？

會是光屬性嗎？

可是，這個應該算是熊屬性吧。

「不沾染任何顏色的白色又稱為神的顏色。」

穆穆祿德先生的這句話讓我發出一陣猛咳。

不不不，這是熊礦，真要說的話，應該是熊之精靈石。

但是，因為是神送給我的，所以那麼說或許也不算錯。

再這樣下去，穆穆祿德先生就會把這個東西當作是神之精靈石，所以我決定否認。

「這其實是我認識的人給我的，對方說這個叫做熊礦。」

我認識的人＝神。

雖然我們沒有見過面，但我確實認識祂。

「因為名稱叫做熊礦，所以我覺得可能是熊之精靈石吧。」

我不能說出技能的事，只好這麼說。

「熊之精靈石？」

聽完我說的話，穆穆祿德先生交互看著熊礦與我。

「呃，你覺得難以置信也沒辦法。假設這是熊之精靈石，只要我把它帶在身上，就可以強化自己了嗎？」

這麼說就像是承認「我是熊屬性，所以裝備熊之精靈石也沒問題吧」。不過，從熊礦這個名稱看來，我一開始就覺得這是我專用的裝備了。

「如果妳是熊屬性，而這個精靈石也是熊之精靈石的話，就是那樣沒錯。不過，按照目前的狀況，精靈石只能發揮大約一半的力量。」

「是嗎？既然這樣，要怎麼做才能引出精靈石的力量？」

我還以為只要持有就行了，但這樣似乎會讓效果減半。既然都要裝備了，效果當然是愈強愈好。

「在剛才那個有魔法陣的房間締結契約就行了。如果妳願意，要引出精靈石的力量嗎？」

「可以嗎？」

「畢竟妳是救了我們村落的恩人。」

我接受穆穆祿德先生的好意，為了引出精靈石的力量而移動到剛才那個有魔法陣的房間。

一走進房間，穆穆祿德先生便蹲下來，把地上那張畫著魔法陣的地毯捲起來。然後，他把地

毯收到牆邊的櫃子裡。櫃子裡放著許多捲起來的地毯。

穆穆祿德先生一一檢視大量的地毯。

他不斷重複把地毯攤開又捲回去的動作。

地毯上分別畫著不同的魔法陣。

「是哪一張呢？」

穆穆祿德先生這麼說著，尋找能與精靈石締結契約的魔法陣。

「這裡的地毯全部都畫著魔法陣嗎？」

「沒錯，所以找起來頗費工夫。」

既然如此，只要貼上寫著效果的標籤就好了；但考慮到突發狀況，或許還是不要寫比較好。

「這麼說來，剛才的魔法陣也有某種效果嗎？」

「那是消除疲勞的魔法陣。」

原來還有那種魔法陣啊。得知了這一點，讓我開始對這一大堆地毯的效果感到好奇了。裡面有什麼樣的魔法陣呢？

如果我發問，穆穆祿德先生會告訴我嗎？

看到這類東西就會讓我這個前玩家感到熱血沸騰。

「這種畫在地毯上的魔法陣是怎麼製作的呢？」

「我們會使用蘊含魔力的線來縫製。這麼一來就能幫助魔力流通，可以重複利用好幾次。」

每次都要畫出複雜的魔法陣，確實很麻煩。魔法陣看起來太複雜了，根本記不起來。如果畫在地上，一定會有很多不方便的地方。但如果是縫在地毯上，只要沒有被割破，就可以馬上攤開來使用。

「……就是這個。」

我正在注意地毯的時候，穆穆祿德先生取出一張地毯，鋪在地板上。地毯上畫著魔法陣，圖案跟剛才的消除疲勞用魔法陣不同。

穆穆祿德先生站在畫著魔法陣的地毯前。

「那麼，小姑娘，請妳把精靈石放在正中央的圓形圖案上，然後觸摸右端的圓形圖案，對它灌注魔力。」

魔法陣中央有一個圓形，其他部分則畫著複雜的圖案。

我看著手上的兩顆熊礦。

「……小姑娘？」

「我想確認一下，契約的對象不一定要是我吧？」

「那是熊之精靈石吧。除了妳以外，還有誰能締結契約？」

正常來講，就算找遍全世界，能跟熊礦締結契約的人也只有我了。如果有其他人，我還真想看看。

可是，如果不限於人，確實有其他具有熊屬性魔力的對象。

我召喚出普通尺寸的熊緩與熊急。這個房間雖然寬敞，但用普通尺寸召喚出熊緩與熊急，就讓人覺得空間很狹窄。

「牠們也可以締結契約嗎？」

熊礦能強化持有者。我多虧有熊熊裝備，防禦力與攻擊力都很高。

熊緩與熊急比其他的熊更強，不會輸給普通的魔物。可是，一想到在塔古伊與飛龍戰鬥的事，我就不太放心。回想起熊緩遭到飛龍擊中的事，我到現在還是覺得很可怕。熊緩與熊急總是會挺身保護我。如果熊緩與熊急有什麼萬一，我絕對無法忍受。

而且我也經常拜託熊緩與熊急護衛菲娜等人。考慮到這一點，比起讓我多少變強一點，讓熊緩與熊急變強還比較好。

遊戲也一樣，培育召喚獸是很重要的。

「我從來沒見過讓動物締結契約的例子，但如果妳的熊有魔力，又是熊屬性的話就可以。」

牠們有魔力，屬性也無疑是熊。

「那麼，請讓牠們跟熊礦……不對，跟精靈石締結契約。」

「既然妳都這麼說了，我也沒有意見。」

我把其中一個熊礦放在魔法陣的正中央。

「那麼，先從熊緩開始吧。你在這裡灌注魔力。」

「咿～」

熊緩走過去，把前腳放在穆穆祿德先生指定的地方。然後，熊緩對魔法陣灌注魔力，魔法陣便發出光芒，使魔力集中到中央的熊礦。感覺就像是熊緩的魔力進入熊礦似的。魔法陣的光芒消失了。

「這樣就完成了嗎？」

穆穆祿德先生說完成了，於是我撿起熊礦，再換上另一個熊礦。

「那麼，接下來是熊急。」

「咿～」

熊急跟熊緩交換位置，移動到魔法陣前方。

然後，牠跟熊緩一樣將白色的前腳放到魔法陣上，灌注魔力。魔法陣發出光芒，熊急與熊礦的契約也隨之結束。

我分別對兩個熊礦使用熊熊觀察眼。

上面的訊息讓我大吃一驚。

熊礦　熊緩裝備時可以提升體能，並使用魔法。

熊礦　熊急裝備時可以提升體能，並使用魔法。

熊緩與熊急能使用魔法？

如果這是真的，那就可以大幅提升戰力了。

「熊緩，你過來一下。」

熊緩走到我的身邊。

然後，我解開牠脖子上的緞帶，把熊礦放進緞帶裡面，再重新綁好。

「咿～」

熊緩道謝般地叫道。

「那麼，接下來換熊急。」

「咿～」

熊急跟熊緩交換位置，來到我的面前。

然後，就像熊緩那樣，我把緞帶解開並放進熊礦，再重新綁好。

這樣一來，牠們就可以使用魔法了嗎？

晚點再確認一下吧。

「穆穆祿德先生，謝謝你。」

「能幫上妳的忙就好。」

我召回熊緩與熊急，然後向穆穆祿德先生道謝，離開他的家。

我決定先去見過露依敏再回到克里莫尼亞。

我正朝露依敏的家前進時，剛好看到露依敏帶著筋疲力盡的表情走過來。

「啊，優奈小姐，妳回來啦。」

「嗯，不久前回來的。話說回來，妳好像很累呢。」

「我把買來的東西拿去給買主，所以好累喔。」

嗯，因為數量相當多嘛。

「不過，大家都很高興，所以我也很開心。」

露依敏露出將疲勞一掃而空的笑容。如果我是男人，或許會對她動心吧。很可惜，我是女的。

不過，鍋子不管拿到哪裡都很受歡迎呢。雖然使用多年的東西讓人用得很順手，又帶著回憶，但新工具還是很令人開心。

我在原本的世界買新電腦的時候就很開心。

我的電腦現在怎麼樣了呢？

不過，我的電腦裡只裝著遊戲就是了。如果神問我心中重要的東西是什麼時，我回答電腦的話，就能把電腦也帶來這個世界了嗎？

算了，多虧我回答了錢，才能輕輕鬆鬆地生活在異世界。我很感謝這一點。而且還有電源的問題，光有電腦也沒辦法使用。

不過，有智慧型手機或平板電腦的話，或許也不錯。但要附上加裝太陽能板的充電器。

就算不連上網路，至少也能看我買的電子書。我有些漫畫和小說雖然已經買了，卻還沒看。

「對了，優奈小姐，莉莉卡小姐怎麼樣了？我好想知道喔。」

她果然會好奇。

「她要留在王都，到加札爾先生的店裡工作。」

「這麼說來，他們要交往了嗎！什麼時候結婚？」

妳太心急了吧。算了，我確實也很想知道。

「嗯～應該還沒吧。接下來就看他們倆會怎麼發展了。」

「這樣啊。」

露依敏有點失望，但加札爾先生一開始雖然露出困擾的表情，不過最後的表情看起來好像是高興的。

我想接下來或許只是時間的問題。

「不過，幸好莉莉卡小姐沒有被甩。」

關於這一點，我也有同感。幸好我不必把被甩的莉莉卡小姐帶回洛吉納先生那裡。要是演變成那種情況，我可能會把她的眼睛蒙住，然後推進熊熊傳送門。

「我好像也應該一起去王都的。那樣一來，就可以見到好久不見的姊姊了。而且，我也很想直接去優奈小姐和菲娜的城市看看呢。」

「妳今天才剛回來，下次再去克里莫尼亞吧。」

「說定了喔，下次請一定要帶我去。」

我跟要把道具袋還給穆穆祿德先生的露依敏道別，離開了村落。

然後，我來到有熊熊屋的神聖樹附近，召喚熊緩與熊急。

好了，馬上就來實驗一下吧。

「熊緩、熊急，你們能用魔法嗎？」

「「咿～」」

牠們的表情就像是在說「交給我們吧」。

我用土魔法做出標靶。

我從地面變出棒狀的東西，然後在上方變出標靶。看起來就像射箭所用的標靶。

「那麼，你們對那個標靶使用魔法看看。」

「「咿～」」

熊緩與熊急爭先恐後地占位子。

「我會做兩個，你們別搶了。」

「「咿～」」

我再做出另一個標靶。

熊緩與熊急肩並肩，同時站起來揮舞右前腳。

然後，熊爪放出了風刃，切開標靶。

哦哦，真厲害。牠們真的會用魔法了。

這才是貨真價實的熊熊魔法。

我一開始還覺得熊礦是個莫名其妙的東西，沒想到這麼厲害。

雖然我不打算讓熊緩與熊急去做危險的事，但只要能用魔法，我請牠們保護菲娜等人的時候就能放心了。有力量總比沒力量好。

不過，早知如此，我應該快點調查熊礦的。

熊緩在塔古伊跟飛龍戰鬥的時候，如果能夠使用魔法，就能降低危險。

幸好後來沒事，但在意的事情還是別拖太久比較好。

「順便問問，你們能不能在天上飛？」

如果熊緩與熊急可以在天上飛，移動起來就輕鬆多了。不過，熊緩與熊急難過地發出「「咿～」」的叫聲。

看來牠們似乎不會飛。

「我只是隨口問問啦，你們不要這麼難過嘛。」

我撫摸熊緩與熊急的頭，向牠們道歉。

確認完熊緩與熊急的魔法後，我回到克里莫尼亞。

回到熊熊屋的我把熊緩與熊急變成小熊，一頭倒到床上。

緞帶也變小了。

看來只要牠們變成小熊，熊礦也會跟著變小。

這或許真的是神之精靈石。

456 熊熊跟修莉一起出門

為了遵守我上次答應堤露米娜小姐的事，我今天要留在家裡肢解巨型野豬。雖說要肢解，但我並不會。負責肢解的人是菲娜與修莉。我只會在一旁觀看。

「所以，為什麼根茲先生也在？」

我明明是拜託菲娜肢解，不知道為什麼，連根茲先生都來了。

「我聽說妳想要肢解巨型野豬。因為機會難得，我決定也來幫忙。而且菲娜是第一次，應該會有些不懂的地方。」

順帶一提，我拜託菲娜的時候，她說自己有肢解過野豬，所以沒問題。

「我今天放假，放心吧。」

我不知道到底要放心什麼，但根茲先生挺胸這麼說道。

算了，總共有三隻，這樣也好。而且我也希望肢解早點結束。我們打算在中午之前完成肢解，到孤兒院舉辦烤肉派對。所以，根茲先生能來也算是幫了大忙。

「那麼，拜託你們了。」

我從熊熊箱裡拿出三隻巨型野豬。

「好大。」

「好大喔。」

「原來優奈姊姊打倒了這麼大的野獸。」

根茲先生、修莉與菲娜都對巨型野豬的龐大身軀感到驚訝。

「好了，不是要在中午之前弄完嗎？趕快動手吧。菲娜、修莉，妳們要仔細看**爸爸**是怎麼做的喔。」

根茲先生強調「爸爸」這兩個字。

也許他只是因為放假，所以想跟女兒在一起而已。而且菲娜先前去了矮人之城，有一段時間不在。提露米娜小姐與修莉有用熊熊電話聯絡，只有根茲先生沒跟她說到話，所以他可能是很寂寞吧。

還是說，他想在女兒面前展現父親的風範呢？

菲娜與修莉都回答「好」、「嗯」，但她們會在幾年後說出「爸爸好臭」、「爸爸，你不要靠近我」之類的話嗎？

「優奈姊姊，妳怎麼了？」

我看著菲娜，她便這麼問道。

「沒什麼啦。我只是覺得，妳還是現在的樣子最好。」

「…………？」

菲娜微微歪起頭。

多虧有根茲先生的幫忙，巨型野豬的肢解很快就結束了。於是，我們帶著肢解好的肉，前往孤兒院。

今天休假的安絲與莫琳小姐在孤兒院替我們準備了餐點。兩家店的成員會幫忙做料理。莫琳小姐做的麵包用來夾肉很好吃，安絲調味的肉料理也很美味。

孩子們都吃得津津有味，所以我很慶幸有舉辦烤肉派對。

啊，我是不是應該邀請露依敏呢？

舉辦烤肉派對的隔天，我跟修莉兩個人單獨來到塔古伊之島。

在熊熊屋肢解巨型野豬的時候，修莉說「每次都只有姊姊可以出去玩」、「我也想跟優奈姊姊去別的地方玩」，所以我決定實現修莉的小小願望。

修莉的小小願望是「我想去那個有水果的島」。所以，這次我跟修莉兩個人才會來到塔古伊。

菲娜反而是跟堤露米娜小姐在一起。這次的機會剛好可以讓她向母親撒嬌。

畢竟菲娜只是個十歲的小女孩，正好是想向母親撒嬌的年紀。平常有修莉這個妹妹在，她應該沒什麼機會撒嬌吧。

所以，今天只有我跟修莉兩個人獨處。

一來到塔古伊之島，我便召喚出熊緩與熊急，並對等不及要跑出去的修莉交代注意事項。

「千萬不可以離開熊緩身邊喔。」

「嗯！」

「如果熊緩不讓妳去別的地方，妳就不可以去喔。」

「嗯！」

「不可以亂摘或亂吃沒見過的食物。不然也要先問過熊緩！」

「嗯！」

「還有，如果發生什麼事，要用熊熊電話呼叫我。」

「嗯！」

「還有……」

還有什麼事情要提醒嗎？

「嗚嗚，優奈姊姊，妳跟我姊姊好像喔。我會乖乖跟熊緩在一起，也會乖乖聽熊緩的話啦。

對吧，熊緩。」

修莉抱住熊緩。熊緩發出「咿～」的叫聲。

「熊緩，修莉就拜託你了。」

「咿～」

「熊緩，我們快走吧！」

「咿～」

熊緩載著一臉高興的修莉起跑。

我跟在修莉後頭，與熊急一起出發。

我們快步前進，馬上就看到修莉跟熊緩一起摘歐蓮果的模樣了。

她站在熊緩的背上，努力伸長手臂。有乖乖脫掉鞋子的做法讓人會心一笑。

「熊緩，稍微往右一點。」

「咿～」

熊緩按照修莉的指示，往右移動。修莉在熊緩背上靈巧地保持平衡。

「啊，走過頭了啦。」

「咿～」

熊緩稍微往回走。

修莉伸出手。

「摘到了。」

「咿～」

真是溫馨的一幕。

我把摘歐蓮果的任務交給修莉與熊緩，跟熊急一起繼續前進。

我摘了芒果、香蕉。這裡不只有水果，也有蔬菜。食物的種類真的很多呢。雖然數量還不到可以開店的程度，但已經很夠我吃了。

不過就算要拿到店裡賣，只要限量就可以了吧？

◇◇◇

我今天跟優奈姊姊一起來到有很多水果的島上。

只要打開優奈姊姊家裡的門，就可以抵達這座島。

真是不可思議。

優奈姊姊偶爾會像我姊姊一樣囉嗦。

她今天也說了好幾次要我注意的事。

明明不用說那麼多次，我也知道的。

我騎著熊緩，尋找水果。

我看看四周，找到歐蓮果了。

「熊緩，我們去那棵樹下。」

「咿～」

熊緩走到歐蓮果樹下。

我在熊緩的背上站起來，摘下看起來很好吃的果實。

然後，我正在找其他的水果，就看到跟熊急在一起的優奈姊姊也開始摘水果了。

我不會輸給優奈姊姊的。

有沒有其他好吃的東西呢？

那邊長著黑色的果實。

「熊緩，那個可以吃嗎？」

「咿～」

優奈姊姊說如果見到沒看過的東西，就要先問熊緩。

熊緩搖搖頭。

那種果實好像不能吃。

「那個可以吃嗎？」

這次我找到綠色和黃色的水果，看起來有點像歐蓮果。可是，這種水果比歐蓮果小，樹也不一樣。我沒有看過這種水果，但好像可以吃。

可是，我還是問了熊緩。

「熊緩，那個呢？」

熊緩叫了一聲，然後點點頭。

好像沒問題。

這棵樹沒有很高，所以我伸長手臂，摘下黃色的水果。

這個好吃嗎？

我用小刀把黃色的水果切成一半。雖然顏色不同，但果汁就跟歐蓮果一樣多。我咬了一口。

「嗚——————！」

我把手裡的果實丟到地上。

味道好酸。

「嗚嗚，熊緩是騙子。你明明說可以吃的。」

「咿～」

熊緩露出難過的表情。可是，說謊的是熊緩。

我的嘴巴裡面好酸。我被熊緩騙了。

「怎麼了嗎？」

我正在跟熊緩發脾氣的時候，騎著熊急的優奈姊姊來了。

「熊緩騙我啦！」

我這麼一說，優奈姊姊就看了四周，然後望著眼前的樹。

「妳該不會是吃了檸檬吧？」

「味道超級酸的。熊緩卻說這個可以吃。」

「這個嘛，因為沒有人會直接吃啊。這種果實通常是拿來替肉料理或蔬菜調味用的。所以，它並不是不能吃。」

「是嗎？」

「因為不是危險的食物，熊緩才會說可以吃吧。所以，妳就原諒熊緩吧。」

我交互看著黃色的水果和熊緩。

熊緩沒有說謊。

「……熊緩，我不該對你發脾氣的，對不起。」

我溫柔地摸摸熊緩的頭。

熊緩叫了一聲，靠過來磨蹭我。

牠好像原諒我了。

可是，我決定下次要找可以直接吃的東西。

◇◇◇

我摘了幾顆修莉找到的檸檬。它可以用來做檸檬汁，也可以做成檸檬茶。

我還聽說有人會用蜂蜜醃漬，然後拿來吃，但我沒有吃過。那樣好吃嗎？下次做做看也不錯。

後來，為了避免這次的誤會再發生，我決定跟修莉一起行動。不過，就算我們一起行動，我也無法分辨自己沒見過的食物。

我們四個一起探索塔古伊之島，便找到了玉米。

嗯？右邊與左邊的種類好像不一樣。

一種是好像能生吃的新鮮玉米，看起來很美味。可是，另一種已經枯掉了。

塔古伊之島的植物也會枯掉嗎？

我拿起一個枯掉的玉米。這個該不會是？

我記得自己以前在電視上看過，有些特定品種的玉米可以做成爆米花，農夫會等到那種玉米枯掉再採收。採收之後經過一陣子的乾燥，應該就能做成爆米花了吧？

雖然記憶很模糊，但大概是這樣。

如果玉米的品種不對，那就不會變成爆米花了。

不過，值得試試看。我只有小學的時候在電影院吃過爆米花。上了國中以後，我就一直宅在家裡，所以已經好幾年沒吃了。如果能邊看電影邊吃就好了，但可惜這個世界沒有電影院也沒有電視。不過，這個世界有劇場。

一邊看戲一邊吃，或許也不錯。

只不過，如果邊看戲邊吃爆米花，一定會引起其他人的注目。

算了，就算不能邊看戲邊吃，我也想讓菲娜與修莉看看爆米花的做法。經過一連串爆炸，堅硬的種子就會變成柔軟的白色食物。第一次見到這種現象的人都會很驚訝。

我摘下即將枯萎的玉米。

「優奈姊姊，那種枯掉的東西很硬，不能吃啦。這邊的玉米比較軟喔。」

修莉用青翠的成熟玉米來比較枯掉的玉米。

「我有一件想試試看的事，所以需要這種枯掉的玉米。」

「想試試看的事？」

「我也不知道能不能吃就是了。」

「要吃這個嗎？」

修莉看著枯掉的玉米，露出有點不情願的表情。

這也難怪，畢竟一般人都不會想吃這種硬梆梆的東西。

「修莉和熊緩就摘那邊的玉米吧。熊急來這裡幫我。」

「咿～」

我和修莉分工合作，採收成熟的新鮮玉米和枯萎的玉米。

在王都的校慶做棉花糖雖然好，但爆米花或許也不錯。

可是，那個時候還沒有玉米的種子，所以也沒辦法。而且我還不確定這些玉米能不能做成爆

米花。

「優奈姊姊，我肚子餓了。」

我正在摘玉米的時候，修莉這麼說道。現在確實快到午餐時間了。

「那麼，我們來吃玉米吧。」

「嗯！」

我拿出在洛吉納先生的店買來的鍋子，裝水再放到火上加熱，把玉米煮熟。

等待一段時間後，玉米就煮好了。

「很燙喔，小心一點。」

為了避免燙傷，我先用手帕把玉米包住，再拿給修莉。

修莉一邊反覆吹氣，一邊吃著玉米。

「好燙！」

「吃的時候要小心喔。」

「可是，好好吃喔。」

「因為才剛摘下來嘛。」

我也替坐著的熊緩與熊急準備了一份。

熊緩與熊急用前腳靈活地拿著玉米，開始吃了起來。

光吃玉米就太單調了，所以我切了摘來的水果，放在盤子裡。

「嗚嗚，每一種都好好吃喔。姊姊應該一起來的。」

現在菲娜或許正在跟提露米娜小姐撒嬌。我試著想像，但比起撒嬌，我只能想到她們一起工作的樣子。不過，她們肯定過得很開心。

「那麼，我們就多摘一點，送給菲娜和提露米娜小姐吧。」

「嗯！」

「另外，也要送給根茲先生。」

要是忘了根茲先生，他就太可憐了。

吃完玉米之後，我們繼續摘蔬菜水果，拿去送給了菲娜與孤兒院。

457 熊熊跟諾雅一起拜訪熊 之一

「優奈小姐，妳到底跑去哪裡了！」

我正在家裡休息時，諾雅來拜訪了。

「這幾天妳都不在家，我問店裡的人，他們就說妳跟菲娜出門了。每次都只帶菲娜，太不公平了。我也想跟優奈小姐一起出門啦。」

繼修莉之後，連諾雅都來向我抱怨了。

可是，我只想好好放鬆。

「優奈小姐，優奈小姐～」

諾雅抓住我的身體，前後搖晃。真希望她別再搖了。

「順便問問，妳想去哪裡？」

因為她恐怕不會放棄，於是我這麼問道。

「王都！」

「不行！」

「嗚嗚，熊緩、熊急，優奈小姐欺負我啦～」

諾雅放開我的衣服，然後抱住小熊化的熊緩與熊急，在沙發上用腳踢個不停。

「妳這樣亂踢，很沒有家教喔。妳好歹也是千金小姐呢。」

「嗚嗚，既然這樣，就請妳帶我出去玩吧。」

諾雅鼓起臉頰。

我是很想帶她出去，帶她跟菲娜與修莉不同，是貴族家的千金小姐，所以我不能隨便帶著她到處跑。就算要出門，也要取得克里夫的許可。

而且熊熊傳送門的事是祕密，所以很困難。

「我要出門一下，妳要留在這裡嗎？」

「咦，妳要去別的地方嗎？我也要去！」

「我只是要去幫熊緩和熊急買蜂蜜而已。」

「咦～～～」

雖然嘴巴上抱怨，諾雅還是決定跟過來了。

我和諾雅各自抱著小熊化的熊緩與熊急，前往賣蜂蜜的店家。

走在一旁的諾雅因為只能去附近走走，臉頰仍然鼓鼓的。

「好了啦，我不是帶妳去海邊了嗎？」

「可是後來妳又帶菲娜出門了。」

「妳怎麼不拜託克里夫帶妳出去？」

「我想跟優奈小姐和熊緩與熊急一起出去嘛。」

諾雅抱緊懷中的熊急。

嗯~如果是去城市附近野餐，應該沒問題吧？

我正在思考各種方案的時候，抵達了賣蜂蜜的店家。

「賣蜂蜜的店就在這裡呀。」

一走進店裡，就可以看到雷姆先生與其他店員的身影。我進到店裡，雷姆先生就馬上注意到我了。

「是熊姑娘啊。妳今天也是來替那些孩子買蜂蜜的嗎？」

「嗯，麻煩你了。」

我從熊熊箱裡取出空的壺，放在櫃檯上。

「謝謝妳總是來買。」

「因為熊緩和熊急最愛吃蜂蜜了嘛。」

我偶爾會來買熊緩與熊急要吃的蜂蜜。上次托亞送的蜂蜜已經吃完了，所以我要再補充。

「小姑娘的熊還是一樣可愛呢。」

雷姆先生撫摸我懷中的熊緩的頭。然後，他正要撫摸諾雅懷中的熊急的頭時，發現一件事。

「嗯？您該不會是諾雅兒大人吧？」

「好久不見了。」

諾雅抱著熊急打招呼。

「諾雅，妳認識雷姆先生嗎？」

「是的，他正在跟父親大人談事情的時候，我有打過招呼。」

既然克里夫與雷姆先生在工作上有往來，諾雅的確有可能認識他。

雷姆先生看著抱著熊緩與熊急的我和諾雅。

「原來兩位認識啊。」

「是的，優奈小姐很照顧我。我今天是跟優奈小姐一起來替熊緩和熊急買蜂蜜的。」

諾雅剛才明明還鼓著臉頰說：「只是要買東西嗎～」現在卻彬彬有禮地跟雷姆先生對話。

這就是貴族的教育嗎？

「對了，兩位要買蜂蜜吧。」

雷姆先生拿著我帶來的壺，走向裝著蜂蜜的大壺，把蜂蜜裝到我的壺裡。裝蜂蜜的壺當然不是免費的。只要自備壺，就可以用更便宜的價錢買到。

「來，你們叫熊緩和熊急吧。這些我請客。」

雷姆先生這麼說完便在盤子裡裝了一點蜂蜜，放在熊緩與熊急面前。

「老是讓你請，這樣好嗎？」

「因為妳和妳的熊幫助過我嘛。」

我和諾雅放開熊緩與熊急，牠們便開始舔起蜂蜜。

「優奈小姐，妳有做過什麼嗎？」

「我只是前陣子打倒了占據蜂木的魔物而已。」

「那個時候小姑娘真的幫了大忙。」

「畢竟是工作，不用放在心上。」

「對了，小姑娘，妳明天有空嗎？」

「沒什麼特別的事，怎麼了？」

雖然我好歹也是個冒險者兼餐廳經營者，但我目前沒有冒險者的工作，店裡的事情也有堤露米娜小姐、莫琳小姐、安絲在打理，所以沒有我插嘴的餘地。實際上，我去路德尼克城的期間，店裡的事情也都是由她們負責。就算我不在，基本上也沒有什麼問題。

所以，我的每一天都是星期天。就算如此，我也不是尼特族喔。雖然我沒有在工作，但還是有冒險者的頭銜。

「既然如此，妳明天要不要跟我一起去採蜂蜜？」

「蜂蜜？」

「除此之外，妳也想見那些熊吧。」

打倒出現在蜂木那裡的魔物以後，我有去見那些熊幾次。其中一次是跟雷姆先生一起去的。

我記得那個時候，雷姆先生很高興地摸了熊。

既然會邀請我，就表示可以在附近見到熊嗎？他以前好像都是遠遠地看著牠們。

「請問，你們說的熊是指？」

「採得到蜂蜜的樹附近住著一窩熊。」

雷姆先生向諾雅說明。

「那些熊熊不危險嗎？」

「不，牠們是非常溫馴的熊。如果是低階的魔物，牠們會幫忙打倒，就像蜂木的守衛一樣。」

對於諾雅的問題，雷姆先生引以為傲地答道。聽到雷姆先生的回答，諾雅的表情漸漸轉變。

我已經可以猜到她接下來要說什麼了。

「我也想見那些熊熊一面。」

她的發言一如我的預料。

「呃，這……」

對諾雅的發言感到困擾的不是我，而是雷姆先生。

這也是當然的，因為他總不能帶貴族千金去一個有野生的熊出沒的地方。

就算諾雅說想去，他也只會感到困擾。

「優奈小姐……」

諾雅用有點傷心的表情看著我。

我也想帶她去其他地方玩。因為我先前都待在矮人之城，確實一直沒有陪伴諾雅。

「……好吧。不過，我有條件。」

「條件嗎？」

「妳要先取得克里夫的許可。如果克里夫說可以，我就帶妳去。」

我總不能擅自帶她走，所以這是最低限度的條件。

「父、父親大人的……」

「如果沒有克里夫的許可，我就不能帶妳去。我會在出發前跟克里夫確認，妳說謊也沒用喔。」

「我知道了，我一定會取得父親大人的許可。」

諾雅緊握小小的拳頭。

買完蜂蜜的我走到店外。諾雅為了取得克里夫的許可，踏上了回家的路。

隔天，我在雷姆先生約好的時間之前來到諾雅的家。這是為了確認克里夫是不是真的准許了。

當我來到諾雅的家，一臉高興的諾雅已經在等我了。

「優奈小姐，我得到父親大人的許可了。」

諾雅滿臉笑容，這麼答道。

為求謹慎，我還是向克里夫確認了。

「嗯，可以啊。」

我一見到克里夫，他就這麼說了。

「呃，你有聽諾雅說過詳情嗎？我們是要去看野生的熊耶。」

「妳會陪她去吧？」

「是沒錯啦。」

「那就沒問題了。妳打倒過那麼多魔物，不會只遇到熊就亂了手腳吧。」

「……」

「而且根據雷姆的報告，那些熊似乎很溫馴。」

「…………」

「諾雅去參觀蜂木也能增廣見聞。只有雷姆陪同的話，我也會擔心，但既然是妳要帶她去就沒有問題了。」

於是，得到克里夫的准許以後，我和諾雅便與雷姆先生會合，為了見熊而往蜂木出發。

雷姆先生搭乘馬車，我則騎著熊緩，諾雅騎著熊急。雷姆先生的馬車上載著好幾個大型的壺。

「優奈小姐，那些熊熊是什麼樣的熊熊呢？」

「有兩隻小熊，是總共四隻熊的家庭。小熊是在幾個月前出生的，現在應該還很小吧？」

「嗚嗚，我好想快點見到牠們喔。」

「也不要忘了參觀蜂木喔。」
「當然了。如果不好好報告，父親大人會罵我的。而且，如果報告得不夠認真，我還會被罰念書呢。」
不愧是貴族，很重視教育呢。
我們來到森林附近。雷姆先生的馬車沿著唯一的路前進，我們則跟在後面。
前進了一陣子，我們來到有一大片花田的地方。
「好漂亮。」
「謝謝諾雅兒大人的讚美。」
聽到諾雅說的話，雷姆先生帶著笑容道謝。
「為了採到好吃的蜂蜜，這些花是雷姆先生他們負責管理的喔。」
「我有聽說過，但沒想到這麼漂亮。」
「是啊，很漂亮呢。」
我想起塔古伊之島的花田。對了，塔古伊上面沒有蜂木嗎？
「那就是蜂木嗎？」
諾雅看著花田的另一頭。那裡有一棵大樹，周圍有許多蜜蜂正在飛舞。
「是啊。那裡有點危險，不可以靠近喔。」
除非是雷姆先生這樣的專家，否則靠近蜂木是有危險的。

「小姑娘，我可以在見熊之前先採蜂蜜嗎？」

「既然這樣，我也來幫忙。諾雅在這裡跟熊緩和熊急一起參觀吧。」

「我知道了。不過，請早點採完喔。」

我把馬車上的空壺暫時收進熊熊箱。

然後，我走到蜂木旁，拿出壺。

「小姑娘，謝謝妳，妳幫了大忙。」

雷姆先生在不激怒蜜蜂的情況下，把蜂蜜裝進壺裡。然後，我把裝著蜂蜜的壺收進熊熊箱。

我們重複這些步驟，把所有的壺都裝滿蜂蜜以後，回到馬車旁邊，把壺放回馬車上。

「多虧小姑娘的幫忙，很快就結束了。雖然妳昨天才剛買，但這壺送給妳吧。」

雷姆先生遞出一個裝著蜂蜜的壺。

「可以嗎？」

「嗯，謝謝妳幫我的忙。」

我收下裝著蜂蜜的小壺。

我望向熊緩與熊急，發現牠們正用貪吃的眼神看著壺。

「回家才能吃喔。」

「咿～」

你們也不用叫得那麼悲傷吧。而且昨天不是才吃過蜂蜜嗎？

458 熊熊跟諾雅一起拜訪熊 之二

「那麼，優奈小姐，熊熊在什麼地方呢？」

可能是快要等不及了，諾雅抱著熊急這麼說道。

妳不就抱著一隻熊嗎？我很想這麼吐槽，但還是作罷。

因為她沒有見過熊緩與熊急以外的熊，所以大概是很期待吧。

「我不知道牠們在哪裡，但可以請熊緩和熊急呼叫牠們。熊緩、熊急，拜託你們了。」

「「咿～」」

熊緩與熊急回應我，然後大聲發出「「咿～～～～～～～～～～」」的叫聲。

「怎、怎麼了？」

「我請牠們呼叫熊了。」

探測技能無法查出熊的位置。既然如此，用叫的就行了。

熊緩與熊急是熊。牠們可以跟熊對話，所以也能呼叫熊。看到熊緩與熊急跟熊和平對話的時候，我很驚訝就是了。

「這麼一來，熊熊就會過來這裡吧。」

諾雅開始左顧右盼。

我正在思考牠們會從哪裡出現的時候，熊一家就從右側的樹林之間探出頭來了。牠們是兩隻大熊與兩隻小熊的家庭。

「優奈小姐，是熊熊！熊熊耶！熊熊一家出現了。」

興奮的諾雅抓著我的手臂搖晃。

我能理解妳高興的心情，但不要再搖了。

「我看到了啦。妳不要太興奮，會嚇到牠們的。」

如果熊受到驚嚇而攻擊諾雅，那就危險了。雖然性情很溫馴，但還是不能忘了牠們是野生的熊。

「我知道，沒問題的。我會輕輕摸牠們。」

諾雅竟然還想摸牠們。

「妳別忘了，牠們跟熊緩與熊急不同，是野生的熊喔。在我說可以之前都不能摸牠們。」

諾雅已經等不及要跑過去了，於是我這麼叮嚀。

「好，我知道了。」

聽到我的忠告，諾雅收起了玩心。

然後，熊一家緩緩走向我們，用身體磨蹭熊緩與熊急。

看來好像沒有問題。

「咿～」

兩隻小熊走到我身邊。小熊化的熊緩與熊急很可愛，但這兩隻小熊也很可愛。在那之後過了一陣子，牠們好像稍微長大了一點。熊果然還是小時候比較可愛。

「優奈小姐，我也可以摸牠們嗎？」

我正在摸小熊的時候，諾雅雖然很想對小熊出手，卻還是乖乖遵守與我的約定，忍著不摸。

「熊緩、熊急，諾雅想摸摸這些孩子，你們可以跟爸媽說沒有危險嗎？」

我這麼拜託跟大熊相處融洽的熊緩與熊急。

於是熊緩與熊急開始跟大熊對話。

「咿～」「咿～」「咿～」「咿～」

雖然我聽不懂，但牠們好像正在說些什麼。

這種時候，我就會希望自己有精通熊語的技能，但又有點害怕聽到熊緩與熊急的真心話。一想到這裡，我就覺得或許還是沒有精通熊語的技能比較好。

跟大熊的對話結束之後，熊緩走向諾雅。熊緩繞到諾雅身後，推了推她的背。

「熊緩？」

「牠們說妳可以摸。」

「真的嗎？」

諾雅戰戰兢兢地靠近，緩緩伸出手觸摸我懷中的小熊。

「摸起來跟熊緩和熊急不一樣，毛有點硬。」

「因為熊緩和熊急有洗澡啊，所以跟野生的熊不一樣。」

而且每次召喚，牠們都會變回乾淨的樣子。牠們總是維持軟綿綿又毛茸茸的狀態。

「可是，摸起來還是很軟。」

的確，牠們的毛很蓬鬆。我也撫摸小熊的背部。

「而且，這些熊熊的臉比較帥。」

「「咿～！」」

諾雅說的話讓熊緩與熊急有點生氣。

「對不起。熊緩和熊急與其說是帥，不如說是可愛。」

「對了，小姑娘，我也可以摸牠們嗎？」

剛才一直默默地看著我們的雷姆先生站在諾雅後面，似乎很想摸熊。

「熊緩、熊急，雷姆先生說他也想摸。」

「咿～」「咿～」「咿～」「咿～」

這次換熊急繞到雷姆先生後面，輕推他的背了。

「好像可以喔。」

「這樣啊。」

雷姆先生觸摸大熊，也觸摸小熊，露出滿足的表情。

雷姆先生果然也很想摸牠們。

「謝謝你們總是幫忙保護蜂木。不過，你們可千萬別做太危險的事。」

雖然語言不通，雷姆先生還是對熊溫柔地說話。

「這些熊熊是保護蜂木的守衛吧。」

「牠們上次有跟魔物戰鬥過。」

不過，牠們是為了守護自己的地盤才戰鬥的。

話雖如此，以我的立場而言，如果熊正在跟哥布林或半獸人戰鬥，我也會支持熊。

「不過，熊不一定能打倒下次出現的魔物。如果有魔物占據這裡，只要委託冒險者處理就好。沒有必要讓牠們勉強自己。」

「到時候我會接下委託的。」

「既然小姑娘願意承接，我就放心了。」

我可不希望冒險者遇到這些熊，跟牠們打起來。

最重要的是，我想保護熊。

「不過，危險的不只有魔物。如果有冒險者來狩獵熊，你們要趕快逃跑喔。」

雷姆先生一邊撫摸熊，一邊這麼說道。

確實有這個可能性。人類或許比魔物更危險。

「可是，這座城市的冒險者會來狩獵熊熊嗎？」

諾雅看著我、熊緩與熊急。雷姆先生也受到影響，轉頭望著我們。

「如果冒險者公會發出委託，或許會有人來狩獵，但我想應該不會有人來狩獵沒有傷人的熊。」

我在心中思考是否有人會吃熊，但又害怕聽到答案，所以沒有問出口。

「而且如果是知道優奈小姐的冒險者，應該不會對熊熊出手的。」

「的確。」

聽到諾雅所說的話，雷姆先生點點頭。

現在問這個好像有點晚，但其他冒險者對我到底有什麼看法呢？他們對我的印象似乎不太好。

姑且不論這個，為什麼雷姆先生要點頭？

我漸漸開始好奇雷姆先生心中的我到底是什麼樣子。

我們跟這些熊相處了一陣子，牠們便叫了一聲，然後站起來朝蜂木走去。

看來吃飯時間到了。

「啊，我也想一起去。」

「會有危險，所以只能在遠處觀察喔。」

「嗚嗚，好吧。」

諾雅用不捨的眼神目送熊一家。

熊一家移動到蜂木下方，開始吃起蜂蜜。

雖然雷姆先生與克里夫允許牠們吃蜂蜜，但牠們本來應該算是必須排除的對象。正常來講，牠們是吃掉蜂蜜的外敵。

萬一狩獵的事情浮上檯面，把牠們放生到塔古伊之島也不錯。

我看著熊一家正在吃蜂蜜的樣子，這時旁邊傳來一陣小小的「咕嚕～」聲。

我往旁邊一看，發現諾雅正按著自己的肚子。

「剛、剛才那不是我肚子的叫聲喔。」

諾雅稍微紅了臉，這麼否認。

「我什麼都還沒說耶。」

「嗚嗚嗚。」

諾雅一臉害羞。

不過，現在確實是午餐時間。她會肚子餓也很正常。

「那麼，我們也在這裡吃午餐吧。」

「午餐嗎？」

「難得來到這裡，附近還有漂亮的花嘛。而且，妳應該也有事想問雷姆先生吧。」

我從熊熊箱裡拿出類似地毯的墊子，鋪在地上，然後取出裝著麵包的籃子。

「不嫌棄的話，雷姆先生也坐下來，一起吃吧。」

「可以嗎？真是謝謝妳。」

雷姆先生與諾雅在墊子上坐下。

我準備了裝有飲料的小桶子與杯子。

「飲料有果汁和牛奶，大家就選喜歡的來喝吧。」

「謝謝優奈小姐。我想喝牛奶。」

「那我就選果汁吧。」

我在兩人的杯子裡倒進他們點的飲料。

「還有，因為我們剛才摸了野生的熊，所以拿麵包之前請用這個擦手。」

我把濕毛巾遞給兩人。

用摸過熊的手來吃麵包是很危險的。野生的熊跟熊緩與熊急不同，沒有洗過澡。

雖然牠們可能在河裡洗過，但考量到衛生問題，還是擦擦手比較好。

「什麼事都麻煩妳，真不好意思。」

「優奈小姐跟菈菈好像喔。」

因為我是比諾雅年長的姊姊嘛。

兩人用濕毛巾擦手，然後伸手拿起麵包。

「啊，是熊熊麵包。」

諾雅在籃子裡找到熊熊麵包。

我覺得她會喜歡，所以才帶來。

「這就是傳聞中的熊臉麵包嗎？」

雷姆先生也拿起熊熊麵包。

「雷姆先生，你知道嗎？」

「是啊，因為在我們店裡工作的人有聊過這個話題。」

說著，雷姆先生吃起熊熊麵包。

可是，一邊看熊一邊吃熊熊麵包，感覺好像有點怪。

我沒有拿熊熊麵包，而是拿起三明治來吃。

「來，熊緩、熊急。」

我把三明治放到熊緩與熊急的嘴巴裡。

「啊，我也要餵牠們。」

諾雅也餵熊緩與熊急吃麵包。

然後，我們正在吃麵包的時候，雷姆先生的課堂開始了。

「這麼說來，每個季節都會換成不同的花嗎？」

「不同季節所開的花都不同。不過，到了冬天，蜜蜂就會停止活動，所以我們會在那之前讓牠們蒐集花蜜。另外當然也有活躍期和繁殖期，所以也無法一概而論，但蜜蜂只要有花就會蒐集花蜜，所以我們一整年都會確保這裡開著花朵。」

「原來如此。」

諾雅認真聆聽雷姆先生的講解。

「所以，蜂蜜的味道會隨著季節而異。」

不同的花朵，會使蜂蜜產生不同的味道。

雷姆先生告訴我們，這裡有哪些花，對蜂蜜的味道又有什麼影響。

諾雅認真聆聽講解，記錄在筆記本上。

花與蜂蜜的講座結束後，諾雅還問了熊與魔物戰鬥時的情形。

我們聽完雷姆先生說的話時，熊也吃飽了，於是牠們開始離開蜂木。

「啊，熊熊牠們要走了。」

熊一家消失到森林中。

「不可以追上去喔。」

「我原本想帶那些小熊回家的。」

「妳要是真的那麼做，我會生氣喔。」

「開玩笑的啦，我不會做那種事的。我才不會拆散那麼圓滿的家庭呢。可是，我確實很想帶牠們回家」

嗯，因為小熊很可愛嘛。不過等牠們長大，就會變得可怕。

或許是讀到我內心的想法了，熊緩與熊急靠過來磨蹭我。

「你們雖然大，但不可怕喔。」

「小姑娘，謝謝妳的招待。我要去巡視周圍的花，請稍微等我一下。」

雷姆先生站起身來。

「我也要去。優奈小姐，可以吧？」

「可以是可以，但妳不可以妨礙雷姆先生喔。」

「我當然不會，只是想去看看這裡開著什麼花而已。」

諾雅跟在雷姆先生後面。

我靠在熊緩與熊急身上閉目養神，等待諾雅與雷姆先生回來。

雷姆先生解說花朵的聲音、諾雅詢問各種問題的聲音乘著風，傳進我的耳裡。

她好像有乖乖聆聽雷姆先生的講解，從中學到東西。

偶爾到戶外走走也不錯呢。

459 熊熊被學生組逮到

自從跟諾雅一起去見熊以後，我就待在家裡做菜，過著悠閒的家裡蹲生活。

可是，待在沒有電視、遊戲、電腦、漫畫、小說的房間裡，就算宅在家裡也撐不久。

我決定出門，早早結束了家裡蹲生活。我連三天都撐不到。不過，對足不出戶的行為只有三分鐘熱度，或許也算好事吧？

我在廚房做了某樣東西，放進熊熊箱。

「熊緩、熊急，我要出門了。」

我對比我還要懶散的熊緩與熊急說道。人家都說寵物會像飼主，牠們該不會是像我吧？

我召回熊緩與熊急，移動到放著熊熊傳送門的房間。我打開門，前往王都的熊熊屋。

雖然我很想知道莉莉卡小姐與加札爾先生現在怎麼樣了，但我今天要去城堡見芙蘿拉大人。

「這不是優奈閣下嗎？好久不見。您要與芙蘿拉公主會面嗎？」

守門的士兵對我說道。他們一開始總是很驚訝，但最近已經會用名字稱呼我了。只不過，我並不知道士兵的名字。

「是啊，我可以去見她嗎？」

「可以，沒有問題。芙蘿拉公主應該也正在等您。她總是會隨著帶著黑熊布偶。」

既然是黑熊布偶，那就是熊緩布偶了。我聽安袞小姐說過，因為怕會弄髒，所以她外出的時候都是帶著黑色的熊緩布偶。聽說她在房間裡都是抱著熊急布偶。

她有使用我送給她的布偶，讓我覺得很高興。就算布偶髒了，再洗就好。

比起被放在房間裡當擺飾，布偶應該比較希望被抱到破破爛爛的吧。

不過，我可不希望她亂丟布偶，或是抓著手腳到處甩。

有一次，我曾在孤兒院看到熊緩與熊急布偶飛越空中的模樣。

那件事讓我很傷心。

我向守門的士兵打招呼後進入城堡，另一個士兵就往別處跑去了。

嗯，還是老樣子。

我早就預料到這一點，所以有確實準備國王陛下與艾蕾羅拉小姐的份。我已經放棄抵抗了。

「優奈！」

我一邊看著周圍的風景，一邊走向芙蘿拉大人的房間，這時有女生呼喚我的聲音從某處傳來。我尋找呼喚我的人物，馬上就發現對方了。因為有個人晃著長長的頭髮朝我跑過來。

「優奈，妳來城堡了呀。」

叫住我的人是這個國家的公主殿下兼國王的女兒——堤莉亞公主。她是芙蘿拉大人的姊姊。

不過，能在城堡裡遇見堤莉亞還真稀奇。

「妳該不會是來找我的吧？」

「我是來找芙蘿拉大人的。」

「這種時候就算說謊，妳也應該說是來找我的吧？」

只要是女人就會搭訕的輕浮男人浮現在我的腦海中。

如果是我，就算聽到那種客套話也不會高興。

我正在跟堤莉亞對話的時候，有人從堤莉亞後面跑過來了。

「堤莉亞大人～請不要突然跑出去啦。」

兩個熟悉的面孔過來了。

「看到城堡裡有熊走過去，正常人都會想追吧？」

「我知道妳很高興看到優奈小姐，但也不可以突然跑出去呀。」

「請至少說一聲。」

「對不起，兩位。」

跟在堤莉亞後面的人是希雅與馬力克斯。

在城堡裡確實有可能遇到堤莉亞，但遇到希雅與馬力克斯還真稀奇。

「不過，為什麼優奈小姐會在王都呢？」

「而且還是城堡裡。」

我正對兩人抱著這個疑問，他們就反過來問我了。

「我只是來拜訪芙蘿拉大人而已。」

「優奈總是會帶好吃的東西或芙蘿拉喜歡的東西來送給她呢。」

這個嘛，就算沒帶禮物，只要能見到熊緩與熊急，芙蘿拉大人應該就很高興了。我在不知不覺間養成了每次來城堡都要帶禮物的習慣。

原因大概在於某些大人吧。

「優奈小姐除了食物以外，還會帶什麼東西來嗎？」

「例如熊的繪本，還有熊布偶。」

「要說布偶的話，我也有送給堤莉亞吧。」

在校慶見到堤莉亞的時候，她說自己想要熊緩與熊急的布偶，所以我送給了她。

「布偶是指熊緩和熊急的布偶嗎？」

希雅對布偶這個詞有反應。

「對呀，是優奈送給我的。」

「好好喔。上次我回克里莫尼亞的家時，有在諾雅的房間裡看到。優奈小姐，我也好想要布偶喔。」

「可以是可以，但妳真的想要嗎？」

我並不是對年齡有意見，但希雅的年齡有點不適合玩布偶。

好吧，反正我也有在房間裡擺布偶。

「妳願意送我嗎？」

「順帶問問，妳比較想要哪一隻？」

「咦，不能兩隻都給我嗎？」

我的問題讓希雅露出驚訝的表情。

「開玩笑的啦，我只是好奇妳比較喜歡熊緩還是熊急。」

「兩隻都很可愛，我選不出來啦。」

的確，我也選不出來。要我二選一，根本是強人所難。

有個問題是「只能救其中之一的話，要救哪一邊」，但如果雙方都很重要，根本就無法抉擇。

我從熊熊箱裡取出熊緩與熊急的布偶，交給希雅。

「優奈小姐，謝謝妳。」

希雅高興地抱緊熊緩與熊急的布偶，然後收進道具袋。

馬力克斯用無言以對的表情看著她，但我沒有說破。

「對了，希雅和馬力克斯怎麼會在城堡裡？」

「我是跟母親大人一起來的，後來又遇到堤莉亞大人。」

「因為我也沒什麼事，所以就邀請她一起喝茶了。」

「我是來拜託老爸讓我參加士兵的訓練的，結果被她們兩個逮到。」

「別說得那麼難聽。明明就是你不能參加訓練，一臉無聊的樣子，我們才邀請你的。」

聽說原本要參加訓練的士兵臨時要出動，所以訓練取消了。

不過，既然他們三個人都在，就表示學校放假吧？

我正看著他們三個人時，馬力克斯轉頭看著我，似乎想說些什麼。

「怎麼了？」

我這麼一問，馬力克斯就有點難以啟齒地開口了。

「……優奈小姐，如果妳有空，能不能陪我練劍？」

「練劍？」

「因為優奈小姐很強。而且妳不是還在比賽中贏了路圖姆大人嗎？希雅她們有看到比賽，就只有我沒看到。」

「有看到比賽的人只有堤莉亞大人和我，堤摩爾和卡特蕾亞沒有看到。」

「話是這麼說沒錯。但我聽看過比賽的朋友說，那場比賽真的很厲害。優奈小姐，拜託妳啦。」

馬力克斯闔起雙手拜託我，但我一直聽不懂他在說什麼。

「在那之前，我想先問一下，你說的路圖姆是誰？」

我的腦中並沒有跟名叫路圖姆的人比賽過的記憶。

可是，聽到我這麼說的三個人都用看到傻子的無奈眼神望著我。

「優奈小姐，妳這麼問是認真的嗎？」

「妳跟路圖姆大人比賽過吧？」

「你們說的路圖姆到底是誰？」

不知道的事情就是不知道。

「你們是不是認錯人了？」

「看來她真的忘了。」

「真是不敢相信。」

「優奈小姐，路圖姆大人是妳為了我，在校慶的比賽上對付的騎士隊長啦。」

…………啵。

我讓一隻手的熊熊玩偶手套張開嘴巴，然後用另一隻手的熊熊玩偶手套敲打它。

希雅說的話讓我想起對方是誰了。

「啊，你們是說那個令人不爽的大叔啊。」

看來他們說的名字是指我為了希雅，在校慶的比賽上對付的人。

因為他們都稱呼名字，所以我一時想不起來。

「優奈小姐，妳真的忘了嗎？」

「那種大叔的名字，我才記不起來呢。」

再說，一開始就不打算記住的人名，根本不會留在記憶裡。

如果他們說是在校慶上吵起來的對象，我馬上就知道了。光是聽到名字，我也不可能想起來。

「大叔……」

「大概也只有優奈小姐敢用大叔來稱呼路圖姆伯爵了吧。」

堤莉亞很傻眼，馬力克斯露出難以置信的表情，希雅則笑了。

「不過，竟然想跟優奈小姐比賽，馬力克斯不要命了嗎？連路圖姆伯爵都贏不了耶。」

「我也不覺得自己贏得了能打倒黑虎的優奈小姐，只是希望她可以抽空跟我較量一下而已。因為跟強者比賽是很好的學習機會。」

馬力克斯用尊敬的眼神望著我。

人真的會改變呢。如果能錄下馬力克斯第一次見到我的樣子，我真想播給他看。

「嗯~跟優奈小姐較量啊。既然如此，我也想討教一下。」

繼馬力克斯之後，連希雅都這麼說了。

「可是，你們原本不是要跟堤莉亞一起喝茶嗎？」

我嫌麻煩，於是開始找藉口逃避。

「我原本是想喝茶，但我也很想看看優奈戰鬥的樣子呢。」

連堤莉亞都附和馬力克斯與希雅了。

我明明只是不想繼續宅在家，所以才來拜訪芙蘿拉大人而已。

「我還要去見芙蘿拉大人呢。而且在這種有其他人的地方，我不想做出太引人注目的事。」

我這麼說，試圖逃避。

要比賽的話，場地就很有限了。附近或許會有正在接受訓練的士兵或騎士。我可不想在那種地方比賽。

「既然如此，裡面的室內訓練場現在沒有人用，應該沒問題。」

我想逃避，堤莉亞卻封鎖了我的去路。

「堤莉亞大人，真的可以嗎？」

「可以呀。需要許可的話，有我答應就行了。那麼，我去借一下室內訓練場的鑰匙。你們知道地點吧？」

事情逐漸敲定了。

我再次提起自己來到這裡的目的。

「可是我要去見芙蘿拉大人耶。」

「不用擔心，我會叫芙蘿拉過來的。這樣就沒問題了吧？我會先去借室內訓練場的鑰匙，然後帶芙蘿拉過去。希雅和馬力克斯先跟優奈一起去訓練場吧。」

堤莉亞這麼說完，沒聽我的回答就跑掉了。

被留下的我只好跟馬力克斯與希雅一起前往訓練場。

460 熊熊與騎士重逢

「話說回來，優奈小姐，妳真的很常來王都耶。」

「嗯，因為有熊緩和熊急在，我可以輕鬆抵達。」

是的，這是我經常說的謊。

因為已經說過好幾次，我說得十分流暢。

畢竟我這個人的存在就跟謊言差不多，所以這也沒辦法。

「如果我也有熊緩和熊急，就能輕鬆來往克里莫尼亞跟王都了。那樣一來，還可以去海邊玩呢。」

「妳就用布偶將就一下吧。」

「什麼將就，它們又不能騎。」

希雅笑著說道。

「不過，海邊真的很好玩。希望下次還有機會去。」

「下次再約吧。」

「說定了喔。」

我和希雅正在開心地聊天時，馬力克斯有點羨慕地開口說道：

「要是我也能去就好了。」

「呵呵，真的很好玩喔。我們搭乘優奈小姐的熊熊土偶，大家一起移動到海邊。晚上住的是高大的熊熊房屋，玩水的地方還有熊熊溜滑梯。我們也有搭船出去釣魚呢。」

希雅高興地訴說海邊旅行的回憶。

除此之外，我還想起了塔古伊之島，以及當時的一點突發狀況。

「妳怎麼不邀請我啊。」

「我是要回老家，怎麼可能邀請你嘛。父親大人會誤會的。」

要是希雅帶馬力克斯這個男生回老家，的確有可能引起克里夫的誤會。

「既然如此，帶提摩爾跟卡特蕾亞一起去不就好了。」

如果是學校的朋友，應該沒問題吧？

我也不知道貴族對這方面的標準是如何。

「可是，那個時候必須馬上出發，所以我沒有時間跟大家聯絡嘛。」

希雅當時只知道我們要去密利拉鎮的事，似乎不知道出發日期。既然如此，也難怪她會想要盡早抵達。

「妳下次要邀請我們喔。」

「如果我沒有忘記的話。」

我們聊著海邊旅行的話題，來到室內訓練場附近。

這是一棟高大的建築物，門也又大又氣派。原來城堡裡還有這麼大的訓練場啊。

「我們要等堤莉亞來吧。」

雖然她是跑著離開的，但既然要帶芙蘿拉大人過來，她或許會晚到。

「話說回來，幸好有堤莉亞大人在，我們才能借到場地。」

「在這裡比賽的話，馬力克斯就算慘敗也不會被別人看到了。」

「如果有人看到優奈小姐戰鬥的樣子還會嘲笑我，那個人的眼光肯定有問題。」

「嗯，這麼說也對。但看到優奈小姐的打扮，你還能這麼說嗎？」

馬力克斯盯著我看。

「嗚嗚，我確實不想被別人看到。」

被陌生人看到自己跟穿著熊熊布偶裝的女孩子戰鬥，或許在別的意義上是一件很羞恥的事。

「而且你不認真一點的話，可沒辦法讓優奈小姐發揮實力喔。」

「我會盡力的。」

馬力克斯不經意地把手放到門上，門就打開了。

「奇怪，門沒鎖耶。」

馬力克斯打開門，往裡面走。

「等一下，我們可以擅自進去嗎？」

「搞不好是堤莉亞大人先過來這裡，門打開了吧。」

雖然我不知道鑰匙放在哪裡，但如果堤莉亞跑去請安裘小姐帶芙蘿拉大人來，的確有可能已經來過這裡了。

我們跟著馬力克斯進入訓練場，看見一名騎士正在揮劍。當然了，我們沒有看到堤莉亞。

「堤莉亞大人不在耶，怎麼辦？」

希雅看著訓練場問道。

訓練場中有一名男性不斷揮著劍。

我好像在哪裡見過他耶？

我的腦海角落有一點模糊的印象，但想不起來。

「優奈小姐，妳怎麼了？」

「沒有啦，我只是覺得自己以前好像見過那個人，卻想不起來。」

「那個騎士是菲格副隊長吧。」

「馬力克斯，你知道他是誰嗎？」

「知道啊，因為那個人是部隊的副隊長。」

馬力克斯的爸爸是騎士，他自己的志向也是成為騎士。既然如此，他見過部隊的副隊長也不奇怪。

「菲格……啊，那個人是……」

聽完馬力克斯所說的話，希雅似乎想起什麼了。

不過，我想不起來。我覺得自己還差一點點就想起來了。我到底在哪裡見過他呢？

「他是優奈小姐跟路圖姆伯爵比賽之前對付的騎士啦。」

希雅說明到這裡，我就想起來了。

「啊，是那個時候的……」

沒錯，跟那個來找碴的大叔比賽之前，我確實有跟一個騎士比賽。

「對喔，優奈小姐也有跟菲格先生比賽過吧。」

馬力克斯似乎也知道那場比賽的事。

也對，只要問看過比賽的人就能知道我跟誰比賽過了。

我們正在聊天的時候，馬力克斯稱之為菲格的男人轉過頭來看著我們。

「你們是誰？」

「不好意思，我們也想來這裡練習。」

「你們是學生吧，這裡不是給學生用的場地。」

「其實，我們已經取得提莉亞大人的許可了。」

「提莉亞大人的許可？」

「是的，我們想稍微練習一下，提莉亞大人就允許我們使用這裡的訓練場了。她本人等一下就會過來，你可以向她確認。」

馬力克斯緊張地這麼回答。

「這樣啊。我也以為今天不會有人來，所以就過來使用了。因為沒有人的地方很安靜。」

菲格將劍收進劍鞘。

我躲到馬力克斯與希雅的背後。

「那個打扮成熊的女孩是……」

雖然我躲了起來，卻還是被他發現了。

沒辦法，因為我很寬，所以很難躲起來。

這可不是我很胖的意思喔，是因為熊熊布偶裝啦。

「她是偶爾會出現在城堡的那個女孩嗎？」

「請問你知道她嗎？」

「我聽過一點傳聞。」

菲格所說的話讓希雅露出笑容，馬力克斯則帶著好奇的神情。

雖然我很想知道傳聞的內容，但我不希望他因為我的聲音而察覺我就是跟他比賽過的人，所以我沒有開口。而且根據我的經驗，聽說自己的傳聞只會受到精神傷害。

菲格先看我一眼，然後看著希雅。

「我想藉這個機會請教希雅大小姐一個問題，請問方便嗎？」

「我嗎？」

沒想到對方會指名自己的希雅用小小的聲音說道：「他竟然還記得我。」

「請問在校慶上與我比賽的那個名叫『**優娜**』的女孩是什麼人呢？我曾問過學校的熟人，但沒有人知道與我比賽的女孩是誰。而且我也沒有機會詢問國王陛下或艾蕾羅拉大人。」

「呃……」

希雅不知所措地瞄了我一眼，但我微微搖頭。

看來對方並沒有發現與他比賽的本人就近在眼前。

我一瞬間心想：「優娜是誰？」然後又想起自己曾使用這個假名。

「那個，我可以請問你為什麼要這麼問嗎？」

「我希望她可以再跟我較量一次，因為她真的很強。不過，主要還是因為我對輸掉比賽的事感到不甘心。我希望下次有機會能與她認真切磋。」

希雅不知該如何回應，瞬間看了我一眼。

我再次微微搖頭。

「對不起。她是我的朋友，現在住在克里莫尼亞。那個時候，她只是來參觀校慶而已。」

「所以她並不是學校的學生嗎？真令人遺憾。」

菲格露出真的很失望的表情。他就這麼想跟我比賽嗎？

就算如此，我也不打算主動報上名號。

我稍微受到罪惡感的苛責，這時門被打開了。

「門真的沒有鎖耶。」

「熊熊在這裡嗎？」

走進訓練場的是堤莉亞與芙蘿拉大人。

芙蘿拉大人一見到我便飛奔過來。

我用肚子接住了芙蘿拉大人。

「堤莉亞大人，非常抱歉，是我借用了訓練場。」

「你是菲格？」

明明沒有做什麼壞事，菲格還是對堤莉亞道歉了。

「我們該不會打擾到你練習了吧？」

「不，屬下的練習也差不多要結束了，沒關係。」

「真的嗎？你是不是顧慮到我們才這麼說？其實你可以繼續練習的。」

「不，屬下等等還要工作。」

菲格把門的鑰匙交給堤莉亞，低頭行禮後走出訓練場。

「希雅，謝謝妳幫我保密。」

我對替我隱瞞身分的希雅道謝。如果她直接說出我的事，事情就麻煩了。

「因為優奈小姐總說自己不想引人注目嘛。」

「明明就打扮成這麼引人注目的熊樣。」

「不過，我們是不是打擾他練習了？」

「嗯～我想應該不是那樣。因為菲格是個很一板一眼的人嘛。我聽父親大人說過，菲格原本應該要代替路圖姆擔任隊長，但他說自己太弱，所以拒絕了。輸給優奈之後，他好像苦思了一陣子。雖說是路圖姆的命令，但聽說他還是對自己與優奈比賽的事情感到很慚愧。沒辦法，既然是部隊長的命令，部下也只能聽從了。」

「是嗎？不願意的話，拒絕就好了吧。」

馬力克斯說出充滿孩子氣的意見。

「那樣的話，部隊就無法運作了。馬力克斯，如果你當上騎士，就必須絕對服從部隊長的命令。雖然這麼說有點極端，但不聽命的人是不可能當上騎士的。」

堤莉亞有點認真地答道。

「即使是錯誤的事也一樣嗎？」

「沒錯。」

「……………」

堤莉亞說的話在軍隊中是正確的。

可是，我也不是不能理解馬力克斯的心情。

而且，堤莉亞說的話不只能套用到軍隊上，也能套用到任何社會上。

普通員工必須聽從課長、部長、董事長等高層的命令。教師無法違抗學年主任和校長。當然

了，要違抗也是辦得到，卻會被組織排擠。

再說，一個齒輪脫離了組織，也有可能讓組織遭受巨大的損害。

假設某個騎士被命令要堅守崗位，但他卻因為其他地方很危險而擅自趕去幫忙，就有可能讓原本的崗位嚴重受害，造成更多的死者。

一想到這裡，我就很不想出社會。而且，就算是在原本的世界，我也沒打算出社會就是了。

反正我已經賺到充足的錢，一個人也能過生活。

不過，現在回想起來，比起度過那種人生，我還比較慶幸能來到這個異世界。

總歸一句，我很享受這個世界的生活。

「馬力克斯，如果你不願意，那就自己當上部隊長吧。只不過，即使當上部隊長，還是要絕對服從國王的命令就是了。」

要是違抗國王，那就真的完蛋了。

「就算如此，我也不覺得父親大人或哥哥大人會下達奇怪的命令，所以你不用擔心。不過，菲格也是因為路圖姆有貴族身分，所以才更無法反抗他吧。」

罪魁禍首應該是路圖姆，但我稍微開始萌生罪惡感了。

不過，為了希雅的未來，我不能輸掉那場比賽。即使會破壞菲格的人生也一樣。話又說回來，既然他擺脫了笨蛋上司，我或許也算是救了他吧。

461 熊熊與馬力克斯比賽

「那麼，優奈小姐，可以麻煩妳嗎？」

「可以是可以，但你要穿成這個樣子比賽嗎？」

馬力克斯的裝扮是普通的便服，就這麼比賽會有危險。

我不打算用太大的力量攻擊，但如果馬力克斯做出意料之外的舉動，也有可能受傷。所以，雖說只是練習，還是要戴上防具比較好。

「防具的話，因為我本來就是為了參加士兵的訓練才來的，所以我自己有帶。我去把防具穿起來。」

馬力克斯移動到別處更衣。

「希雅呢？」

「我今天沒帶，可以就這樣上場嗎？反正我第一次跟優奈小姐比賽的時候也沒有穿防具。」

的確，當時我們臨時決定要比賽，所以沒有準備防具。不過，有沒有防具的危險度完全不同。

希雅表示自己不使用防具時，提莉亞走過來了。

「希雅，別擔心。我想說妳應該沒帶防具，所以就帶了我的過來。」

堤莉亞從道具袋裡取出女用防具。

「堤莉亞大人，我可以借用嗎？」

「相對地，妳跟優奈要讓我看到精彩的比賽喔。」

「……那我就借用了。」

希雅稍微思考了一下，然後收下防具，前去更衣。

「熊熊，你們要做什麼？」

我們正在對話的時候，抓著我的熊熊服裝的芙蘿拉大人發問了。我把熊熊玩偶手套輕輕放在芙蘿拉大人的頭上，向她說明：

「算是一點小比賽吧？很快就會結束了，芙蘿拉大人就跟熊緩和熊急一起等著吧。」

我召喚出普通尺寸的熊緩與熊急。

「熊緩！熊急！」

芙蘿拉大人高興地跑過去，但堤莉亞搶先抱住熊緩了。

「姊姊大人好賊喔。」

動作稍慢的芙蘿拉大人抱住熊急。

「請在這裡乖乖等著吧。」

我抱起芙蘿拉大人的身體，放到熊急背上。

堤莉亞則自己騎到了熊緩的背上。

「優奈，我能不能請牠跑一下？」

「可以，但不要勉強牠喔。」

「我只是想請牠跑跑看。熊緩，你的主人說可以了，跑一下吧。」

「咿～」

熊緩確認似的看著我。

「你就稍微跑一段路吧，但速度慢一點喔。」

「咿～」

熊緩在室內訓練場起跑。

「嗚嗚，姊姊大人好賊喔。熊急，我也要。」

芙蘿拉大人坐在熊急的背上，前後搖晃身體。

熊急也用傷腦筋的表情看著我。

她們姊妹倆還真像。

「熊急，你就慢慢跑吧。」

「咿～」

我表示允許，熊急就載著芙蘿拉大人，慢慢開始奔跑了。

「好快喔，好快喔。」

芙蘿拉大人高興地騎在熊急的背上。

繞了訓練場一圈的熊緩載著堤莉亞，從後方追上芙蘿拉大人，於是熊緩與熊急並肩而行。

「熊緩，跑快一點。」

「熊急也是，快一點。」

「熊緩、熊急，不可以加快速度喔。」

兩人試圖加快速度，但我叫熊緩與熊急不要加快速度。

熊緩與熊急遵守我的指示，沒有加快速度。

「優奈～」

「為什麼～」

兩人不約而同地抱怨。

真不愧是姊妹，個性真像。芙蘿拉大人長大以後，也會變得像堤莉亞一樣嗎？

「堤莉亞、芙蘿拉大人，如果妳們耍任性，我就請妳們下來喔。」

雖然不會受傷，但要是芙蘿拉大人變成速度狂就糟糕了。

「嗚嗚，這……」

「對不起。」

兩人都聽從我說的話了。於是，她們以適當的速度在訓練場中來回繞行。

我正在看騎著熊緩與熊急的堤莉亞和芙蘿拉大人時，馬力克斯與希雅已經作好比賽的準備，走了過來。

「優奈小姐，武器要用哪一種？劍可以嗎？」

「馬力克斯和希雅是用哪一種？」

「我們用普通的練習劍。」

他們手上拿著看似沒有開鋒的劍。

「我也幫優奈小姐準備了一把。」

我接過希雅遞出的劍。

難得比賽，我決定配合他們兩個人的意願。

「那麼，我就用你們想要的武器來比賽吧。」

「……？」

「那是什麼意思呢？」

「你們希望我拿劍，我就拿劍。你們希望我拿小刀，我就拿小刀。你們希望我拿長槍，我就拿長槍。如果你們希望我不拿武器，我就不拿武器上場。」

「優奈小姐，妳還會用那麼多種武器嗎？」

「我也不是什麼都會用，所以只能選我會用的武器。」

實際上，我沒有使用過錘矛之類的鈍器。現在的我使用那種武器，恐怕會把對手砸得面目全非吧。

「可是，妳說可以不拿武器，再怎麼樣也太小看我們了吧？」

「只要不被打中就沒事，而且如果只是要擋開攻擊，用手套就夠了。」

我讓熊熊玩偶手套開開闔闔。

不過，我能辦到這種事也都是多虧有熊熊裝備。

「我還是不想跟沒有武器的人打，所以請妳用劍吧。」

馬力克斯希望我用劍，所以我也用劍對付他。

我握著練習劍，與馬力克斯拉開距離。

希雅走到旁邊，堤莉亞與芙蘿拉大人也停下來看著我們。比賽正要開始的時候，原本不在訓練場的人說話了。

「怎麼，你們要比賽嗎？」

「哎呀，馬力克斯和優奈要比賽呀。」

我們望向聲音的來源，發現國王與艾蕾羅拉小姐走了過來。看到他們倆的身影，馬力克斯與希雅露出驚訝的表情。

「父親大人。」

「父親大人。」

騎著熊緩的堤莉亞與騎著熊急的芙蘿拉大人靠近國王陛下。

看在不認識熊緩與熊急的人眼裡，這一幕或許就像是熊正要撲向國王的樣子。

不過，實際上並沒有演變成那種情況，熊緩與熊急只是在國王面前停下腳步。

「為什麼父親大人和艾蕾羅拉會在這裡呢？」

堤莉亞提出在場的所有人都有的疑問。

不過，我倒是能猜到大概的原因。我的腦中浮現守門的士兵向別處跑去的模樣。可是，王妃殿下並沒有出現在這裡。

「我接到優奈來訪的聯絡就去了芙蘿拉的房間，卻沒看到芙蘿拉和優奈。我問了留在房間的安裘，她說芙蘿拉跟堤莉亞一起去訓練場了。」

「我也一樣。」

我每次都覺得，他們難道不用工作嗎？

可能是王子殿下和其他部下會處理，所以沒關係吧？

「為什麼國王陛下要來找優奈小姐？」

「我哪知道。」

馬力克斯與希雅小聲交談，但因為很靠近我，所以我也聽見了。

「那麼，你們正要開始比賽嗎？」

「嗯，就我跟他們兩個人。」

國王與艾蕾羅拉小姐看著馬力克斯與希雅。

「我是馬力克斯。」

「我是希雅。」

兩人緊張地自我介紹。

「希雅是艾蕾羅拉的女兒吧。」

「長得跟我很像，很可愛吧。」

「…………」

國王把艾蕾羅拉小姐的發言當作耳邊風。如果他承認希雅很可愛，就等於是間接承認艾蕾羅拉小姐很可愛。可是，他也無法否認希雅很可愛的事實——他的表情就是這樣。所以，他似乎選擇了沉默。

不過，國王因為上次的事，知道希雅是誰，但好像沒見過馬力克斯。我記得馬力克斯的爸爸好像是在騎士團當隊長。

「那麼，我們就在旁邊看比賽，你們兩個要加油喔。」

艾蕾羅拉小姐這麼說，跟國王一起移動到牆邊。載著堤莉亞與芙蘿拉大人的熊緩與熊急也移動到牆邊。

「我們該不會是要在國王陛下面前比賽吧？」

「好像是。」

馬力克斯與希雅的臉上浮現困擾的表情。

我懂你們的心情。

如果以公司來舉例，感覺就像是董事長來視察新進員工的工作狀況。

沒有人敢請國王不要看，於是馬力克斯與我的比賽開始了。

「好了，你想從哪裡進攻都行。」

我這麼一說，馬力克斯便握緊劍柄，朝我踏步。我擋開馬力克斯的劍。馬力克斯失去平衡，然後又馬上恢復架式，對我發動反擊。不過，我一劍彈開了他的攻擊。馬力克斯不甘心地持續朝我揮劍，但無法擊中我。

「可惡！」

這是馬力克斯的訓練，所以我不太會主動攻擊。

當他偶爾露出很大的破綻時，我會揮劍，告訴他哪裡有破綻。

我對付馬力克斯一陣子，他就漸漸開始喘不過氣了。

反覆揮劍會造成疲勞。而且劍與劍互打，也會消耗相對的握力。

這麼做就像是握著一根木棒，用力敲打堅硬的物體。光是如此就會讓手臂疲勞，並消耗握力。

我多虧熊熊玩偶手套，不會感覺到麻痺，也不會消耗握力。

要不是有熊熊玩偶手套，我光是對打一次，劍就一定會被彈飛。

我雖然有技術，但如果沒有熊熊裝備，就無法發揮了。

「可惡，優奈小姐太強了。」

馬力克斯跪了下來。

「少年，到此為止了嗎？」

國王對馬力克斯說道。

「不，我還能打。」

馬力克斯明明已經氣喘吁吁，但聽到國王所說的話就無法輕言放棄，於是站了起來。

後來，我加上只以小刀戰鬥，或是不移動超過半徑一公尺的條件，持續比賽直到馬力克斯累倒為止。我也說要空手對付他，但還是被他拒絕了。

馬力克斯終於到了極限，於是倒地不起，變成第一具屍體。

我對付完馬力克斯，接下來就輪到希雅了。

「優奈小姐不會累嗎？」

希雅看著仰躺在地的馬力克斯，這麼問道。馬力克斯大口大口地喘著氣。相較之下，我的呼吸很平順。

「我沒問題，馬上就可以開始比賽。」

「妳的打扮看起來明明很難活動。」

不過，就是因為這身看起來很難活動的打扮，我才能對付馬力克斯與希雅。

「那麼希雅，妳想怎麼比賽？」

「就跟馬力克斯一樣。」

希雅舉起劍。

這裡是室內訓練場，所以當然不能使用魔法。就算能多少用一點，要是打壞牆壁就糟糕了，所以禁止使用魔法。

「希雅，加油。」

艾蕾羅拉小姐揮著手聲援。

「嗚嗚，好尷尬喔。」

我是不知道這個世界有沒有家長參觀日，但對希雅來說就像那樣吧。

「希雅，讓我看看妳帥氣的樣子。」

堤莉亞也聲援希雅。

我還以為大家都支持希雅，但芙蘿拉大人對我說「熊熊加油」，聲援了我。

我開始有點幹勁了。

希雅與我的練習賽就此開始。

她的力道雖然比不上馬力克斯，卻懂得使出精確的攻擊。如果要打倒我，精確的攻擊與速度或許比力量更重要。

我抵擋希雅的攻擊，直接彈開她的劍。我讓她盡情攻擊，發現破綻就輕輕用劍指出來。每次被指出破綻，希雅就會露出驚訝又不甘心的表情。

然後，過了幾分鐘，訓練場出現了第二具屍體。

「我沒有死啦。」

倒地的希雅就像是猜到了我的心思，這麼回答。

我被讀心了。

「妳都說出口了。」

希雅有點傻眼地答道。

看來是我不小心說出口的。

462 熊熊结束比賽

「嗚嗚，好累喔。」

希雅倒在地上喘氣。

真是的，妳的下半身穿著裙子，這樣很危險耶。附近還有馬力克斯在呢。

我叫她起身，把裝著水的杯子遞給她。希雅道謝，大口大口地喝起水。

「優奈小姐都跟我和馬力克斯比賽過了，為什麼還這麼有精神？」

「我畢竟是冒險者，所以有在鍛鍊啊。」

是的，我說謊。

我的衣服裡面是沒有鍛鍊過的虛弱身體。雖然我不胖，但都是脂肪而非肌肉。我的上手臂軟趴趴的。要是脫掉熊熊裝備，我就無法像馬力克斯與希雅那麼行動自如了。

「我也算是有在鍛鍊的說。」

「我也以為自己還算是有在鍛鍊的呢。」

對於馬力克斯的牢騷，希雅也附和了。

不過，我在玩遊戲的時候也會練功，所以應該也不完全是說謊吧？

「雖然我早就知道優奈小姐很強，但沒想到差距這麼大。」
「她只用劍就有這等實力，而且連魔法都會呢。」
「如果是能用魔法的比賽，我光想就覺得可怕。」
「我上次的比賽就有用到魔法。現在回想起來，我當時還真是有勇無謀。」
不過，那也是因為她關心自己的妹妹諾雅。雖然她一開始的心情不太好，但那或許是因為她很氣克里夫派我來護衛她的妹妹吧。

結束比賽的我對兩人發表了簡單的感想。
雖然只是我個人的主觀意見，但我指出了兩人的優點與缺點。
「馬力克斯的力道很強勁，但攻擊方式太單調了。你經常做出同樣的動作。還有，因為你總想著要攻擊，所以破綻很多。而且我用小刀對付你的時候，你覺得小刀很容易打飛吧。就算是小刀，只要角度正確，也能把劍擋開喔。」
「普通人可做不到那種事。」
的確，正常來講，除非雙方的實力差距很大，否則劍與小刀正面交鋒的話，劍會比較強。
「可是，只要能躲開攻擊，就算是小刀也能打倒對手喔。」
相較於劍，小刀揮砍的速度更快。這部分比起使用武器的技術，活動身體的方式更重要。
「希雅的動作雖然比馬力克斯好，但劍好像太重了。妳會被劍的重量拉著跑，最好選擇輕一點的劍。」

「是，的確有點重。早知道就應該選輕一點的劍了。不過，這把劍跟優奈小姐一樣呢。」

這個嘛，因為我有熊熊玩偶手套，所以就算是笨重的劍也像木劍一樣輕。但要是沒有熊熊玩偶手套，我連揮都揮不動。

「優奈果然很強呢。」

「不過，馬力克斯和希雅身為學生，實力已經很不錯了。」

哦哦，國王誇獎他們兩個人了。

不過，兩人的表情並不是很高興。

「國王陛下在誇獎你們兩個耶。」

「就算得到誇獎，我們還是完全敵不過優奈小姐啊。」

「我們都被放水了，還是輸得這麼慘。而且連讓優奈小姐喘氣都沒辦法。」

基於這些理由，兩人就算得到國王的讚賞，似乎還是無法坦然感到高興。我也是多虧有外掛裝備才這麼強，所以也不覺得高興。

「不過，畢竟連路圖姆都輸給她了嘛。你們兩個都盡力了。」

「熊熊好強喔。」

騎著熊緩的堤莉亞安慰兩人，騎著熊急的芙蘿拉大人則讚美我。

聽完堤莉亞所說的話，馬力克斯與希雅都釋懷了。

「可惡，好熱。」
馬力克斯開始脫起防具。
「我也是，滿身大汗的。」
現在的天氣還很炎熱。在這種季節劇烈運動，當然會流汗。
「優奈小姐的打扮好像很熱，不會中暑嗎？」
「我以前可能有說過，這是能調節溫度的衣服，所以不會熱。」
冬暖夏涼，以服裝而言，這是最頂級的材質。唯一的缺點是熊熊布偶裝的外型。我總希望它是一套帥氣的裝備。
我玩遊戲的時候，蒐集了很多用稀有素材製成的帥氣防具。但我現在卻穿著熊熊裝備。我讓熊熊玩偶手套開開闔闔。
「對了，我替芙蘿拉大人做了冰涼的點心，希雅你們要不要一起吃？」
「冰涼的點心嗎？」
「哎呀，優奈，我當然也有份吧？」
一提到食物的話題，艾蕾羅拉小姐就有反應了。
「應該也有我的份吧。」
連國王也有反應了。
「優奈，也有我的份吧。」

堤莉亞也被傳染了。

算了，這都在我預料的範圍之內。我早就知道事情會變成這樣，所以包含國王與艾蕾羅拉小姐的份在內，我做了好幾份。

「我做了很多，別擔心。」

「太好了。以前都只有父親大人、母親大人和芙蘿拉有得吃，我好羨慕呢。」

這也沒辦法。我直到校慶為止，一直都不知道堤莉亞的存在。以國王的年齡而言，我也覺得他可能有堤莉亞這麼大的孩子，卻沒想過要調查。所以，有王子存在的事情，我也是見了面才知道。

不過，即使知道對方的存在，我應該也不會幫沒見過面的人準備食物。

「既然如此，我們就心懷感激地享用吧。我想想，地點就選在庭園好了。你們倆先去擦擦汗再過來。」

國王陛下對坐在地上的希雅與馬力克斯說道。

「那麼，我們就先過去準備了。」

國王與艾蕾羅拉小姐自顧自地說完便走出訓練場。

聽到國王說的話，希雅與馬力克斯先是欲言又止，然後面面相覷，接著便迅速展開行動。

馬力克斯與希雅擦掉汗水，然後收拾防具與武器。他們的動作很快。

這段期間，我為了召回熊緩與熊急，開始說服堤莉亞與芙蘿拉大人。

因為她們試圖騎著熊緩與熊急前往庭園。

「騎著牠們出去的話，其他人會嚇到的。我們從這裡走過去吧。」

芙蘿拉大人緊抓著熊急，不願意放開。我就是為此才送布偶給她的，但仿製品還是贏不了真品。

「嗚嗚。」

「如果士兵以為熊急很危險而攻擊牠，那就糟糕了。」

不過，既然芙蘿拉大人與堤莉亞騎著熊急與熊緩，實際上應該不會受到攻擊，但搞不好有哪個笨蛋會為了拯救公主而發動攻擊。

「妳也不想看到熊急被劍刺到吧。」

「……嗯。」

正當我心想「很好」，以為自己成功說服芙蘿拉大人的瞬間，堤莉亞說出了多餘的話：

「既然如此，把牠們變小怎麼樣？那樣應該就沒問題了。」

我覺得那麼做只是擱置問題，並沒有解決問題。

「小隻的熊熊？嗯！變成小隻的熊熊就好了。」

啊，芙蘿拉大人也開始要求小熊了。既然這樣，要召回牠們恐怕有困難。

好吧，反正我平常也很少來王都，我決定今天讓她再跟熊急多相處一點。

「那麼，芙蘿拉大人，妳願意答應我，回去的時候要乖乖放開牠嗎？」

「嗯，好。」

我跟芙蘿拉大人約定好，然後把熊急變成小熊。芙蘿拉大人抱住變小的熊急。

然後，我也理所當然地把堤莉亞抱著的熊緩變成小熊了。

「大熊是很可愛，但小熊也很可愛呢。」

我把熊緩與熊急變成小熊後，馬力克斯與希雅回來了。

兩人見到小熊化的熊緩與熊急也不驚訝，只是摸摸牠們的頭。

「熊緩、熊急，上次去海邊以後就沒見到你們了。」

「那個時候謝謝你們。」

希雅上次見到牠們是去密利拉的時候，馬力克斯好像是自從護衛的事情以後，就沒有再見到熊緩與熊急了。

收拾完畢的我們往庭園走去。

熊緩被堤莉亞抱在懷裡，熊急則走在芙蘿拉大人身邊。

我走著走著，便聽見馬力克斯與希雅說話的聲音。

「我們等一下要去跟國王陛下一起用餐吧？」

「好像是。」

「跟國王陛下用餐……」

「好緊張喔。」

「是啊。」

馬力克斯按住自己的肚子。

看來他們似乎對自己要跟國王陛下一起用餐的事感到緊張。我有種懷念的感覺。

「優奈小姐，妳為什麼要笑？」

我想起以前的事，就不小心笑出來了。

「我看著你們兩個，就想起菲娜跟國王陛下一起用餐時的事。」

「對喔，菲娜好像有被母親大人帶來城堡，跟國王陛下一起用餐過呢。」

「妳們說的菲娜是跟優奈小姐在一起的那個小女孩吧。她是貴族嗎？」

「不是，她只是普通的女孩子。」

「艾蕾羅拉大人還真是殘忍。誰會帶普通人去見國王陛下？如果是我，肯定會緊張死。」

「我還不是一樣。」

「原來希雅也會緊張喔？」

「當然會呀。人家是國王陛下，這個國家地位最高的人耶。能夠用平常心跟他說話的優奈小姐才奇怪呢。」

我一開始也會緊張，然後就不知不覺地習慣了。

「可是，你們不會怕堤莉亞吧？」

「因為我們經常在學校跟堤莉亞大人相處，而且她很親民。」

「希雅，妳是在誇獎我嗎？」

走在前面的堤莉亞回頭說道。

看來她好像聽到我們說的話了。

「當然是誇獎嘍。」

的確，我第一次見到堤莉亞的時候，她就要我直呼她的名字了。她的這種作風或許真的很親民。

463 熊熊端出水果帕菲

我們來到庭園。

庭園一如往常，開著五顏六色的花朵。開在塔古伊或蜂木周圍的花是很漂亮，但城堡裡的花也很漂亮。可能是連賞花的興致都沒有了，馬力克斯與希雅的步伐很緊張。

我們一邊看花一邊走著，便見到國王、艾蕾羅拉小姐與王妃殿下的身影了。看見王妃殿下的芙蘿拉大人高興地飛奔過去。小熊化的熊急從後面追上了她。王妃殿下撫摸來到身邊的芙蘿拉大人的頭。

「馬力克斯，連王妃殿下也在耶。」

「四位王室成員……」

「我們要跟他們一起用餐吧。」

馬力克斯再次撫摸自己的肚子。

按照常理思考，有四位王室成員在場的狀況確實很驚人。再加上一個人就全員到齊了。

「優奈小姐，我們已經恭候多時。」

負責照顧芙蘿拉大人的安裘小姐向我打招呼。

「安裘小姐，妳好。」

「好久不見了。那麼，請各位坐在這邊的座位。」

安裘小姐安排我們入座。

國王陛下、王妃殿下、芙蘿拉大人坐在一張大圓桌邊，國王陛下的對面則坐著堤莉亞。

芙蘿拉大人的旁邊有我，接著是艾蕾羅拉小姐、希雅、馬力克斯。

馬力克斯的旁邊坐著堤莉亞。

芙蘿拉大人坐到椅子上的時候，王妃殿下注意到熊急，讓熊急不禁後退。

王妃殿下露出微笑，對熊急伸出手。熊急不動，王妃殿下便從位子上站起來，直接將牠抱到懷裡。

王妃殿下不願意放開熊急的往事在我的腦裡復甦。

「牠真可愛。」

「嗯，熊熊很可愛。」

「對呀。」

王妃殿下摸了摸熊急的頭便放開牠。

奇怪？

我還以為她會跟上次一樣不放手，卻出乎我的意料。熊急叫了一聲，歪起頭來。

順帶一提，熊緩正坐在堤莉亞的腿上。

所有人都入座了，於是我從熊熊箱裡取出熊造型的冷凍庫。

我能感覺到大家的眼神都在說「又是熊啊」。我對他們的眼神視而不見，打開冷凍庫的門，把我做好的東西拿出來放到桌上。

大家的目光都集中到桌上。

透明的玻璃容器裡裝著冰淇淋、鮮奶油與布丁。除此之外，上面還放著我跟修莉一起去塔古伊之島採來的各種水果。

我帶來的點心是水果帕菲。因為我找不到跟原本的世界一樣的長型玻璃杯，所以只好改用碗狀的容器。

既然有冰淇淋、布丁和鮮奶油，再加上各式各樣的水果，那就是水果帕菲了吧。

大家的視線都集中到一份水果帕菲上，似乎很想馬上開動，於是我從冷凍庫中拿出所有人的份。

「優奈小姐，我來幫忙。」

安裘小姐來到我身邊，主動表示願意幫忙。

我從冷凍庫裡拿出水果帕菲，安裘小姐負責端到大家面前。她依序端給國王、王妃、堤莉亞，正要把下一份水果帕菲放到芙蘿拉大人的面前時——

「安裘小姐，我替芙蘿拉大人另外準備了一份，所以請先端給別人。」

「我明白了。」

安裘小姐把水果帕菲端給芙蘿拉大人以外的人。

「真漂亮。」

艾蕾羅拉小姐看著水果帕菲低語。

「優奈，這是我們以前吃過的冰淇淋嗎？」

堤莉亞也看著水果帕菲問道。

「沒錯，但這次又多加了各種配料。」

「啊，這是我上次沒空去吃的冰涼食物吧。」

「那個很好吃呢。」

上次我帶冰淇淋來的時候，國王與王妃殿下沒有來。我為了避免他們事後抱怨，所以請安裘小姐轉交了。看來他們都有吃到。

「賽雷夫當時很激動呢。」

「熊熊，我也要！」

因為跟大家對話，我的手停了下來，只剩芙蘿拉大人還沒拿到水果帕菲。

「我現在就端過去。」

我從冷凍庫裡拿出最後一份特製的水果帕菲，放在芙蘿拉大人面前。

「是熊熊耶～」

芙蘿拉大人看著水果帕菲，眼神閃閃發亮。

沒錯，放在芙蘿拉大人面前的水果帕菲有熊臉造型的冰淇淋。我用餅乾和水果，裝飾出特殊的造型。

「哎呀，只有芙蘿拉大人的份是特製的呢。」

艾蕾羅拉小姐比較自己的水果帕菲與芙蘿拉大人面前的水果帕菲，似乎很想吃。

「要幫所有人都做實在太麻煩了，所以只有芙蘿拉大人的份喔。」

熊熊水果帕菲做起來很費工，所以我沒有做所有人的份。

而且，國王吃熊造型的水果帕菲，看起來實在有點奇怪。

所以，熊熊水果帕菲只有芙蘿拉大人的份。

「妳真的很寵芙蘿拉呢。」

聽到國王這句話，我無從反駁。

我或許是對自己所缺乏的純真心靈沒什麼抵抗力吧。因為我的心很骯髒。

我最後替大家準備了湯匙與叉子。芙蘿拉大人拿起叉子，然後看著我。

「我可以吃了嗎？」

「可以喔。」

我一允許，芙蘿拉大人就稍微猶豫了一下，然後用手上的叉子叉起水果，送進嘴裡。

「好冰，好好吃喔。」

水果也很冰涼。下次用水果來做雪酪，或許也不錯。

芙蘿拉大人津津有味地吃著熊臉冰淇淋與水果。

她一開始對熊臉遲疑了一下，但吃了一口以後，熊臉冰淇淋就漸漸被她挖光了。

看來裡面並沒有她討厭的水果。

芙蘿拉大人一邊吃著水果，一邊享用擠上鮮奶油的布丁。她的嘴邊沾到鮮奶油了，於是我用手帕替她擦拭。

「其中還有些沒見過的水果呢。」

說著，國王吃下切成片狀的香蕉。

這一帶沒有香蕉嗎？

「好吃。」

「真的耶。」

「妳是從哪裡取得這種水果的？」

「嗯～從各種地方？」

我不能說出塔古伊的事，於是含糊帶過。

「為什麼是疑問句？」

「因為這是少女的祕密。」

「少女……」

你的眼前不就有一個打扮成熊的少女嗎？是不是眼睛不好啊？

國王露出傻眼的表情，但我不以為意。

「每種水果都很好吃，而且味道各有特色，讓人不知道該從何吃起呢。」

堤莉亞雖然嘴巴上這麼說，卻毫不猶豫地吃著水果帕菲。

「上面裝飾著五顏六色的水果，看起來很豪華，在派對上或許很吸睛呢。」

裝飾在上面的水果有香蕉、歐蓮果、桃子、草莓、櫻桃、葡萄。

正如艾蕾羅拉小姐所說，這道點心或許真的很適合出現在派對上。

「優奈也很有擺盤的品味呢。」

「雖然服裝的品味有點那個。」

艾蕾羅拉小姐明明是在讚美我，國王卻看著我的打扮。

我又不是自願穿成這個樣子的。沒品味的是讓我穿上熊熊布偶裝的神。

「你在說什麼呀？明明就很可愛。」

艾蕾羅拉小姐替我反駁。

「可愛跟想穿是兩回事。妳會想穿這種衣服嗎？」

「嗯～我想給女兒穿。」

艾蕾羅拉小姐這句話讓芙蘿拉大人與王妃殿下以外的所有人都轉頭看著希雅。

「請容我拒絕。」

希雅斷然拒絕母親的要求。

「咦咦～馬力克斯應該也覺得希雅打扮成熊的樣子會很可愛吧？」

「呃，這……」

話題突然被拋到自己身上，馬力克斯開始不知所措。

馬力克斯先看了艾蕾羅拉小姐與希雅一眼，然後開口說道：

「我覺得既然本人不願意，還是不要那麼做比較好。」

經過一番煩惱，他沒有說適合或不適合，而是尊重本人的意願。

這種逃避方式還滿高明的。

不過，原來他們也覺得穿熊熊布偶裝是一件令人排斥的事啊。

好吧，如果我站在希雅的立場，也會有同樣的心情，所以無法苛責她。

「竟然拒絕母親的請求，真壞。既然如此，下次我就去拜託諾雅好了。」

如果是諾雅，大概很樂意穿上吧。像「熊熊的休憩小店」的制服，她就穿得很高興。

艾蕾羅拉小姐一邊這麼閒聊，一邊吃著水果帕菲。

她的臉上掛著滿滿的笑容。

水果帕菲大受好評，吃完點心的芙蘿拉大人與堤莉亞正在跟熊緩與熊急玩耍。王妃殿下面帶微笑地看著她們。

希雅差點被艾蕾羅拉小姐逼著穿上布偶裝，但她拚了命拒絕。

國王陛下正在講述關於騎士的話題。馬力克斯緊張地聆聽他所說的話。

我從冷凍庫裡拿出剩下的水果帕菲，請安裘小姐送到城堡的冷凍庫。這些是賽雷夫先生、安裘小姐與她女兒的份。

後來，國王與艾蕾羅拉小姐回去工作了。

我也正打算回去，所以芙蘿拉大人與熊急也差不多該道別了。

「芙蘿拉大人，我要回去了。妳還記得我們的約定嗎？」

我這麼詢問抱著熊急的芙蘿拉大人。

芙蘿拉大人盯著熊急。

「呃，嗯。」

芙蘿拉大人一臉傷心地放開熊急。熊急先叫了一聲，然後走到我身邊。

接下來就剩熊緩了，但熊緩正被堤莉亞抱在懷中。不過，看到妹妹的舉動，堤莉亞也默默地放開了熊緩。

看來她身為姊姊，並不會耍任性。

「熊急、熊緩，再見。」

芙蘿拉大人揮著小小的手。

「「咿～」」

熊急與熊緩也用叫聲回應她。

我召回熊緩與熊急。

芙蘿拉大人露出失落的表情，但安裘小姐帶著熊緩布偶現身，把熊緩布偶交給芙蘿拉大人。

芙蘿拉大人抱緊熊緩布偶。

看來布偶確實有派上用場。

然後，芙蘿拉大人跟王妃殿下與安裘小姐一起回房間了。

王妃殿下與芙蘿拉大人的身影消失後，我聽見兩聲嘆息。

「我太緊張了，根本吃不出味道。」

「雖然很好吃，但我實在沒有心思慢慢品嚐。」

馬力克斯與希雅的緊張情緒總算解除了。

吃水果帕菲的時候，他們幾乎沒有開口說話。

「呵呵，我倒是吃得津津有味呢。」

堤莉亞一個人露出滿足的表情。

除非是感情很差的家庭，否則也不會緊張。

「優奈小姐，今天謝謝妳。我好像學到一點東西了。」

「雖然我們還是贏不了優奈小姐。」

我跟希雅與馬力克斯一起離開了城堡。

◇◇◇

從王都歸來的我為了補充水果，一個人來到塔古伊之島。

因為我打算下次要替諾雅與孤兒院的孩子們做水果帕菲。

我開啟熊熊地圖，發現島嶼正在緩緩移動。牠目前是在什麼地方移動呢？因為不會顯示完整的地圖，所以我不知道牠距離密利拉鎮有多遠，也不知道方向。

我放下熊熊兜帽。

舒適的風迎面吹來。

我悠閒地沿著塔古伊的外圍散步，一路採集水果。這時走在我身旁的熊緩與熊急停下腳步，抬起了頭。

「怎麼了？」

「「咿～」」

我轉頭看著熊緩與熊急所望的方向，發現牠們正望著海。

該不會有魔物吧！

我看著熊緩與熊急所望的方向，便發現相當遠的地方有船。更遠的地方還有類似島嶼或大陸的陸地。

那裡該不會有人吧？

我再次開啟熊熊地圖，確認塔古伊移動的方向。除非牠突然轉換方向，否則按照目前的路徑，牠並不會靠近陸地。

嗯～怎麼辦呢？

選項有兩個，一個是往陸地前進，另一個是不予理會。

晚點再去的選項並不存在。

要是錯過這個機會，那就再也去不了了。我待在塔古伊的時候剛好發現陸地的機率很低，更別說是有人的地方。

所以，我選擇的答案只有一個。

就算回不了塔古伊之島，只要設置熊熊傳送門，我還是回得來。新地圖都開放了，身為遊戲玩家可不能不去。

「熊緩、熊急，我們走。」

「「咿～」」

我騎上熊緩，吩咐牠們往陸地前進。

熊緩與熊急躍向波濤洶湧的大海，在海上奔跑，躲開塔古伊周圍的漩渦，朝陸地奔去。

新大陸會有什麼呢？真令人期待。

熊熊勇闖異世界 17

新發表章節

採購熊熊　雷多厚爾篇

為了採購某種東西，我來到了矮人之城——路德尼克。

「把這些熊擺飾全部賣給我吧。」

我指著擺在架上的熊造型木雕。

「所有的熊嗎？」

店員露出不解的表情，但我沒有放在心上，買下了所有的熊擺飾。

「我會在這座城市待上幾天，你們還能做幾個？」

店員稍微思考了一下。

「我會付訂金。」

「我明白了，我馬上跟工匠討論。」

聽完我說的話，店員立刻採取行動。

這就是商人作生意的方式。

只要提到錢的事，生意人就會有反應。

其他的東西就算擺在架上，也不知道何時會賣出。不過，既然付了訂金，就能證明我一定會賣下商品。

我追加訂購熊擺飾，然後離開這家店。

前往下一家店吧。

這裡似乎是鐵製工藝品店。

店內販售以鐵製成的各種商品。

架上有動物與人等各式各樣的造型工藝品。

熊、熊、熊、熊、熊。

我在陳列動物的貨架上尋找熊。

「哦哦，有了。」

大約有三個。

我向店員買下這些東西。

同時，我也沒有忘了追加訂購。

就這樣，我巡迴各種店家，購買與熊有關的商品。

店員問我「為什麼只買熊」，我回答「因為在王都很受歡迎」。

實際上，在讀過熊繪本的人之間，這些商品確實很受歡迎。

孫女拜託我找繪本的時候，我聽說她很想要與熊有關的東西。

於是我把店裡的商品拿給她看，讓她很高興。

後來，我在王都的分店販售熊的商品，就在轉眼之間銷售一空。

接獲這項消息以後，我看上了矮人的工藝。

我大量收購與熊有關的商品。

收購到一定數量的熊商品之後，我前往武器店與防具店。

我的店裡並沒有販售武器或防具，但認識的商人委託我，所以我才會代為採購。

當然了，我會收取手續費，所以也有利潤。這就是商人。

今天，我來到商業公會辦事，看到有個人的打扮很引人注目。

那是熊嗎？

我至今只見過一個人會打扮成那個樣子，世界上應該沒有第二個人。而且，她的身邊還有一個看起來很眼熟的綠髮少女。

「是熊姑娘嗎？」

我從後面出聲呼喚，打扮成熊模樣的人便回過頭來。

「雷多貝爾先生？」

她果然是我認識的熊姑娘。

此外，她身旁的綠髮少女是我為手環的事而添了麻煩的精靈女孩。

另外還有一名小女孩，但我沒有見過她。

熊姑娘問我為何出現在這裡。

那是我想說的話。

我說明自己是前來採買的。

「小姑娘妳們又是為了什麼才來到這裡？」

我這麼問，她便說自己是來買湯鍋與平底鍋等廚具的。

我感到啞口無言。

湯鍋或平底鍋這種東西，在王都就買得到。

再怎麼想要品質好的東西，一般人也不會特地跑到矮人之城來吧？

她知道這裡距離王都有多遠嗎？

不過，為什麼她會來到商業公會？

商業公會可沒有在賣湯鍋或平底鍋啊。

我詢問詳細情形，她說自己想在這座城市買房子，卻被櫃檯小姐誤以為是離家出走的女孩，所以正感到困擾。

光是特地來買鍋子就很不合常理了，她竟然還想買房子。

我針對她想購買房子的事發問，她的臉上便浮現困擾的表情。

精靈女孩一聽就說房子是為了給精靈居住才買的。

雖然她們說是替精靈女孩買的，但我看表情就知道不是那麼一回事。別小看商人的眼光。

不過，我決定不繼續追問。這就是商人的作風。

為難熊姑娘並非我的本意。

後來，我稍微調查過關於熊姑娘的事。

雖說是調查，但也只是詢問認識的商人與商業公會而已。

據說她曾拜訪王都的商業公會，購買土地並蓋了房屋。

而且據我所知，她似乎是一次付清。

而且還有兩名貴族當她的後盾。

現在回想起來，她跟冒險者公會的會長也很熟。

來自其他方面的情報也顯示，她似乎還能自由出入城堡。

我總算明白為何繪本上蓋著城堡的印章。

我身為商人的直覺告訴我，千萬不能與熊姑娘為敵，也不能過於深入追究。

懂得拿捏分寸才是一流的商人。

既然熊姑娘遇到困境，我最好能幫助她，跟她打好關係。

所以，我沒有深入追問，而是擔任購買房屋的保證人。

另外，我原本還擔心錢的事，但她表示沒問題。

這個小姑娘擁有足以在王都購買土地的資金，也有貴族的人脈。看來是不需要我操心了。

我的職責到此為止。

「那麼，我還有工作，先失陪了。」

「可是我還沒答謝你……」

我正要離去時，熊姑娘挽留了我。

「要答謝我的話，下次妳畫好新的繪本時，再拿去給我孫女愛露卡就好了。」

這就是最好的謝禮。

而且我也給那個精靈女孩添了麻煩。

我不該在這個時候收取謝禮。

我早早告退。

好了，我還有工作在身。

我要領取訂購的熊擺飾、到處挖寶、拜訪熟人，有許多該做的事。

不過，這下子有趣事可以回去說給愛露卡聽了。

我就早點做完工作，回去跟愛露卡聊聊遇見熊姑娘的事吧。

熊緩與熊急說話了

我從洛吉納先生口中聽說熊礦是精靈石，而且精靈對精靈石比較熟悉；然後穆穆祿德先生告訴我，精靈石是能強化屬性的石頭。

也就是說，熊礦是一種可以強化熊屬性的精靈石。

看來神對精靈石附加了熊熊的庇佑。

明明可以一開始就附加在熊熊裝備上，根本不必做出這種莫名其妙的事。

不論如何，熊礦有兩個，而且可以強化熊屬性，所以我送給了熊緩與熊急。我想應該就是為了這一點，神才會準備兩個吧。

裝備熊礦的熊緩與熊急變得更強，而且也可以使用魔法了。

這份禮物讓我很高興。

熊緩與熊急變強，就能保障牠們的安全。熊緩與熊急有更多手段能保護自己是一件好事。只不過，我並還是不想讓熊緩與熊急戰鬥就是了。

熊礦的事情告一段落，達成當初的目的以後，我久違地在自家的床上熟睡。

陽光從窗簾之間透了進來。

我知道現在已經是早上了。

不過，偶爾貪睡一下應該也沒關係。

然而，有人想妨礙我的安眠。

柔軟的東西輕輕拍著我的臉頰。

似乎是熊緩與熊急正在試圖叫醒我。

可是，我已經決定今天要睡到飽了。

我把熊緩與熊急的前腳撥開。

然後，這次有個柔軟又有彈性的東西貼到我的臉頰上。

看來牠們是不打算讓我繼續睡了。

我再次撥開熊緩與熊急的前腳，用棉被蓋住自己，進入防禦狀態。

「主人，醒醒～」

「主人，天亮了～」

碰不到我的熊緩與熊急對我這麼說。

「再讓我睡一下……」

嗯？

我先回話，然後才感到奇怪。

大腦開始轉動。

主人？

熊緩與熊急不可能說話。

我的睡意漸漸消失。

到底是誰！

再說，為什麼叫我主人？

我的大腦開始思考，於是完全清醒。

我從被窩中起身，確認情況。

四周一個人也沒有。房間裡只有小熊化的熊緩與熊急。

熊緩與熊急在床邊仰望著我。

「奇怪？剛才那是夢嗎？」

熊緩與熊急不可能說話。

應該是我在半夢半醒之間產生的錯覺吧。

我已經清醒，大概沒辦法再睡回籠覺了。

我決定乖乖起床。

「熊緩、熊急，早安。」

「主人，早安。」

「早安。」

「嗯，早……安？」

我到底是在跟誰對話？

對象應該是熊緩與熊急才對。

我再度確認。房間裡依然沒有人。

「主人，我們肚子餓了～」

「吃飯～」

我捏起自己的臉頰。

「好痛。」

「主人，妳怎麼了？」

「很痛嗎？」

熊緩與熊急一臉擔心地問道。

我把熊緩抱到自己的眼前。

「怎麼了？」

熊緩開口，發出了聲音。

「還問我怎麼了，你為什麼會說話？」

「因為有這個東西啊。」

熊緩與熊急觸碰自己脖子上的緞帶。

裡面裝著我以前取得的熊礦。

「熊礦？」

「嗯，對啊。」

「因為有這顆石頭，我們現在可以跟主人說話了。」

「那顆石頭竟然有這種力量……」

不過，熊緩與熊急說話的樣子讓我覺得不太習慣。

雖然我很高興能跟熊緩與熊急說話，但一想到牠們不會再發出「咿～」的叫聲，我就覺得有點落寞。

熊緩與熊急沒察覺我的心情，繼續說了下去。

「而且，我們現在還可以這樣喔。」

「主人，妳看。」

熊緩與熊急彼此往左右兩邊拉開距離。

牠們要做什麼？

熊緩與熊急往側邊踏步，接著迅速觸碰彼此的爪子。

「融合！」

熊緩與熊急被光芒包圍。

然後，光芒一消失，原地便出現了一隻兼具黑色與白色的生物。

「「我們的能力已經升級，今後可以跟主人一起戰鬥了。」」

等一下，這是什麼情況？

再說，這在各方面都出局了吧。

「「我們是最強的熊喔。」」

「那叫做貓熊啦！」

我這麼吶喊。

「嗯？」

奇怪？

我從床上坐起來了。

思緒漸漸變得清晰。

我環顧四周。

小熊化的熊緩與熊急在我身邊舒服地睡著。因為我起身，牠們也被驚醒，對我發出

「「咿～」」的叫聲。

「是夢嗎？」

可是剛才的夢非常真實。

為了確認，我對熊緩與熊急打招呼。

「熊緩、熊急，早安。」

「「咿～」」

熊緩與熊急沒有說話，只是用普通的方式叫了一聲，然後靠過來磨蹭我。

「你們兩個會說話嗎？」

我撫摸熊緩與熊急的頭，這麼問道。

「「咿～」」

熊緩與熊急叫了。

看來牠們似乎不會說話。

「你們也不會合體吧？」

「「咿～」」

牠們一臉抱歉地搖搖頭。

「沒關係，你們不用合體。」

那果然是我的夢。

我抱起熊緩與熊急。

雖然貓熊也很可愛，但熊緩與熊急還是現在的模樣最可愛。

我打從心底覺得，幸好那只是一場夢。

後記

我是くまなの。感謝您拿起《熊熊勇闖異世界》第十七集。

２０２０年是播出《熊熊勇闖異世界》電視動畫的一年。接到動畫化的洽詢時，我還以為會是很久以後的事，時間卻在轉眼之間流逝，動畫很快便播出，然後結束。

製作動畫的期間，我去參觀了製作工作室與錄音的現場，也看了許多動畫相關的資料，得到不少寶貴的經驗。我覺得以後不會再有類似的機會了，所以只要時間允許，我就會答應工作人員的邀約。

雖然共十二集的《熊熊勇闖異世界》電視動畫已經播映完畢，但值得高興的是，這部作品確定要製作第二季。

大概在動畫播完一半的時候，編輯對我問道：「我們有接到第二季的洽詢，請問您覺得呢？」

我的答案是「好的，麻煩大家了」。

竟然還可以推出第二季，我真是感激不盡。許多人都正在為熊熊付出努力。我的心中只有說不完的感謝。

一想到又要回到那麼忙碌的日子，我一方面覺得辛苦，一方面也覺得很高興。身為原作者，我會盡量提供意見，所以請各位繼續支持《熊熊勇闖異世界》的電視動畫。

小說第十七集是矮人篇的後半段。

優奈挑戰了考驗之門。大家看到封面或許會很驚訝，優奈跟自己的複製品戰鬥了。編輯問我「封面要畫成什麼樣子」的時候，我覺得兩個優奈似乎不錯，所以提出了這個點子。

於是，我的點子獲得採用，封面就變成兩個優奈了。

從矮人之城回來以後，優奈跟修莉與諾雅一起在克里莫尼亞度過悠閒的日子。

某天，優奈前往塔古伊，發現了陸地。

優奈的嶄新冒險即將開始，請大家也繼續支持小說。

最後我要感謝在出版過程中盡心盡力的各位同仁。

感謝０２９老師總是替這部作品繪製漂亮的插畫。這次由於動畫的工作，有許多行程因此重疊，應該相當辛苦。非常感謝您在百忙之中抽空繪製插畫。

感謝編輯總是包容我的錯誤。另外還有參與《熊熊勇闖異世界》第十七集出版過程的諸多人

士，感謝你們的幫助。

感謝閱讀本書至此的各位讀者。

那麼，衷心期待能在第十八集再次相見。

二〇二一年四月吉日　くまなの

國家圖書館出版品預行編目資料

熊熊勇闖異世界/くまなの作 ; 王怡山譯. -- 初版
. -- 臺北市 : 臺灣角川股份有限公司, 2022.10-
冊 ;　公分. -- (Kadokawa fantastic novels)
譯自 : くま クマ 熊 ベアー
ISBN 978-626-321-950-2(第17冊 : 平裝)

861.57　　111014040

Kadokawa
Fantastic
Novels

熊熊勇闖異世界 17

（原著名：くま クマ 熊 ベアー 17）

2022年10月24日　初版第1刷發行

作　　者：くまなの
插　　畫：029
譯　　者：王怡山

發 行 人：岩崎剛人
總 編 輯：蔡佩芬
編　　輯：邱瑮萱
美術設計：黃永漢
印　　務：李明修（主任）、張加恩（主任）、張凱棋

發 行 所：台灣角川股份有限公司
地　　址：104台北市中山區松江路223號3樓
電　　話：（02）2515-3000
傳　　真：（02）2515-0033
網　　址：www.kadokawa.com.tw
劃撥帳戶：台灣角川股份有限公司
劃撥帳號：19487412
法律顧問：有澤法律事務所
製　　版：尚騰印刷事業有限公司
ＩＳＢＮ：978-626-321-950-2
